情怀与使命

共和国同龄人朱光然的奋斗人生

长 篇 纪 实 文 学

米 歌 著

中国華僑出版社
·北京·

序

李明欢

研究欧洲华侨华人社会30余年，位于浙南一隅的青田县由于送出了奔赴欧洲的数十万儿女而时时出现在我的眼前，耳边，心中，笔下。有缘于此，当有青田朋友转送米歌的《情怀与使命》之书稿，并嘱我为之写序时，虽自愧笔拙，仍认真拜读并不揣冒昧，欣然提笔，书就如下读后感。

初识青田和青田人，当回溯至1986年。那年10月，我有幸入选厦门大学与荷兰阿姆斯特丹大学交换计划而赴荷进修。行前按要求向对方大学提交的研究计划乃是基于我硕士论文基础而拟定的“印度尼西亚民族独立运动史”。然而，当我真正进入阿姆斯特丹大学并与荷兰同事交流时，却意外发现：没有到过印尼，既不懂印尼文也不懂荷兰文，只凭着一点英文资料写“文章”，在西方学术圈子里压根就不被认可为“研究”。

正当我为自己的访学计划茫然、苦恼时，阿姆斯特丹大学社会学与人类学学院的班国瑞教授（Gregor Benton）问我：“我们正在做一项关于荷兰华侨研究的课题，你是中国人，可能比较容易和这里的华侨沟通，有没有兴趣参加？”猛听如此提议，我一时不知如何作答，毕竟从没想过，太突然了！可过后冷静下来一想：是啊，此刻我人在荷兰，研究荷兰华侨史，不就有利于发挥自己的特长吗？我突然感到了一种莫名的兴奋，似乎有点“总算找着北”的感觉。如此，冥冥之中一股强大的力量将欧洲华侨华人送入了我的学术视野，更没想到由此起步，研究欧洲华侨华人竟迅速筑就了我安身立命的学术舞台。

打那之后，青田、温州、文成、瑞安……一个个此前从未留意过的地名，随着我研究之进展而频频显现于我眼前。我查看地形地貌，那是一片连绵起伏的偏僻山野；我检索经济数据，那里似乎贫瘠落后。然而，究竟是什么因缘际会，使一批又一批青田人敢于义无反顾地跨洲过洋奔赴欧洲？又是什么神功造化，使这些貌似一无所长的山村乡民得以在当今资本主义高度发达的欧洲土地上成就一番事业？我在调研中思考，在学习中探究。正是无数如本书主人公朱光然这样在不懈拼搏中书就的跌宕起伏的人生经历，为我一点点地拨开笼罩在欧洲中国新移民身上的迷雾，展露出中国新移民立足他乡、创业欧洲的真情实貌！

青田人无疑是当代中国新移民创业欧洲的典型代表。就群体而言，无论他们身处何方，总表现出引人注目的坚韧性、前瞻性和跨国性。

坚韧性源于对理想的执着追求。与共和国同龄的朱光然，亲历了共和国从站起来、富起来、到渐渐强起来的历史进程。少年时期的贫困，父亲意外入狱的冤屈，饥寒交迫中奔走寻求商机的艰难，无一不在血泪交织中引导朱光然懂得了重要的人生真谛：无论遭遇何等逆境都不能轻言放弃，只要砥砺奋进，总有希望在前。凤凰涅槃，浴火重生，这也恰恰是包括青田人在内之无数中国新移民曾经在不同程度上经历过的人生历练。当他们中的许多人踏上欧洲土地时，不仅身无分文，有的甚至背负沉重债务，然而，绝境中奋起，艰难中求生，为改善自己及家人的生活境遇，为提升自己及家人社会地位的梦想是他们拼搏欧洲的内生动力。欧洲众多中国新移民所表现出来的坚忍不拔的企业家精神，不能不令人由衷钦佩。

前瞻性在于对机遇的敏感捕捉。朱光然自幼在家乡从放牛，卖草鞋，下田种地，上山打柴，学石雕，学弹棉花，为乡镇企业跑销售，到亲手建厂当老板，再到出国后重新从中餐馆最底层的洗碗工做起，可谓步步艰辛。

但他不仅吃苦耐劳，而且谦虚好学，注意摸索开拓，善于积累经验。当他在家乡的企业办得有声有色之时，却转往欧洲重拓新途；当他在西班牙的中餐馆办得红红火火之时，却又转行经营食品进出口业，几年后，又回归中国到宁波创办了“欧洲工业园”。回溯朱光然所走过的道路，创下的业绩，虽然可谓同时代人中的佼佼者，但其所映射出的对于市场机遇的前瞻性把握，则同样表现在包括青田人在内的许许多多欧洲中国新移民身上。从如今已经崛起于欧洲诸多世界名城的大型中国商贸城，到遍布欧洲大小城镇的数以万计的中餐馆，无不是中国新移民们善于捕捉欧洲各国商机，精于调适在欧洲生存之道而结出的累累硕果。

跨国性则表现于超越本土的胆识、智慧和情感。我曾在 1999 年出版的一本英文专著中提出了移民研究的“两个世界”理论，认为对于第一代跨国移民而言，他们实际上同时生活在移入地和原籍地的“两个世界”：一个是他们每日需要面对、但始终感觉是一个“他者的”世界；另一个则是存在空间距离、但在他们想象中却总是充满亲情温馨的属于“我”的世界。他们中的许多人在“他者”的世界里所承受的一切，都需要源自“我”的世界的激励，无论这种激励是真实的，或是想象的；他们在“他者”世界中所获得的一切，也都需要、或期待能够在“我”的世界中得到认可乃至褒扬。结合本书主人公朱光然的经历，我们可以清晰地看到：正是这种跨越现实空间的特质，使得无数如同朱光然一样的欧洲中国新移民们得以游刃于中欧之间，从跨国化生存中获取最大效益。他们勤勤恳恳地回馈慷慨接纳了他们的欧洲，同时也真心实意地报答养育了他们的故国家乡。

本书作者米歌是青田本土的优秀作家，他的这部新作，将朱光然散落在 70 年人生旅途中的点滴记忆，经过再创作，以真实的故事和文学的笔触，呈现于读者面前，是为可贺！

《情怀与使命》一书叙述的虽是朱光然个人的经历，但同样亦是无数青田华侨华人跨国奋斗之生涯的真实写照，因此，类似本书这样展现青田华侨华人生活履历的纪实性文学作品，无疑同样能为青田侨史增光添彩。

数十万青田华侨华人已经将“青田”之名写在了五洲大地上，相信青田故土有识之士的侨史搜集、研究、整理，以及再创作，也会在青田大地上为古往今来千千万万家乡的、世界的青田人建起珍贵的记忆丰碑！

是为祝贺！是为期待！

是为序。

2018 年 10 月 25 日于厦门大学

本文作者系厦门大学教授，暨南大学特聘教授

中国华侨历史学会副会长，国务院侨办专家咨询委员

目　录

引　子

在浙西南的崇山峻岭之间，有一条江叫瓯江，东西横亘，延绵八百多里，是浙江省第二大江。它源自闽浙边境的百山祖，流经庆元、龙泉、云和、莲都，过青田、出温州、入东海。

青田县处于瓯江中下游，西接莲都，东邻温州，瓯江穿越全境，境内山脉纵横，峰险谷深，是典型的山区县，有“九山半水半分田”之说，其百分之八十的耕地、村舍和人口，都分布在瓯江干支流沿岸的河漫滩上。

青田县水南区油竹乡油竹下村，像瓯江边上的许多小山村一样，依山傍水而建。

几幢错落有致的农舍，木檐青瓦，土筑或石砌的墙。房前屋后是水田和用竹篱笆围着的菜园子，春夏时节，水田有蛙鼓阵阵，麦田与菜园子里彩蝶飞舞、蜜蜂嗡嗡。

陌生人沿着田间小道走进村去，则有鸡鸣狗吠相迎，和懵懂稚童跟随。

往更远处看，村子后的山上种着一些泡桐、板栗、梅子之类的零星果树。村前有一条曲折的溪流环绕而过，村子与河流间则有一条鹅卵石所彻的水栋相隔，水栋既是防洪堤，也是出入村子的道路。水栋外边条状的水草地上，断断续续长着一些杨柳，或一丛一丛的水竹，起着护堤作用。

村口是几棵上了岁数的香樟或古松，是为“风水树”。

“油竹下村”距离县城不远，抄近路，上岭，下岭，经过一个叫“石郭岭头”的山坳，翻越一道山梁，再横渡一条瓯江，也就到了。要是选择坐船走水路，则要先沿着四都港顺流而下，到达溪口再转向，逆瓯江而上，虽然绕了个大弯子，也不过五六个公里。

1　趴在墙头为艄公喊加油的童年

1949 年 10 月 1 日，一位划时代的伟人走上北京天安门城楼，向全世界人民庄严宣布：中华人民共和国中央人民政府成立了！

它标志着，中国人民从此站起来了！

翻身做主人的我国四万万五千万同胞，载歌载舞，热血飞扬，举国上下，一片欢腾。东方睡狮醒了，有着五千多年发展史的文明古国，翻开了崭新的一页。

同年冬日，一个雪霁初晴的凌晨，天空泛起鱼肚白，浙江省青田县水南区油竹乡油竹下村（今属青田县油竹街道油竹下村），一处极普通的古宅里，刚刚感受到新中国幸福时光的一户朱姓人家，正满怀喜悦地等待着一个新生命的降临。

随着一声清脆的婴儿啼哭声的到来，一家人的心终于放了下来，一个男婴诞生了。

这男婴就是朱光然。父亲给他取名“光然”，意思为他是伴随着新中国的幸福时光飘然而至，希望他能始终沐浴在新中国的灿烂阳光下茁壮成长，将来既能光耀门第，又能成为祖国的有用之才，为新中国建设做出自己的贡献。

朱光然的童年算是幸福的，他排行第三，处在正中间，上有哥哥姐姐，下有弟弟妹妹。尤其是大他三岁的姐姐朱光媚，像个小大人似的，总是处处疼爱着他，细心照顾着他。

当年家里的生活虽然清苦，但朱家却是深受左邻右舍尊重的体面人家。

父亲朱瑞卿是村里为数不多的读书人，他温文尔雅，待人热情，接受过全县最好的小学教育，毕业于当时声誉极高的“阜山初中”。他能写文章，又有一手漂亮的毛笔字，还能打一手好算盘。即便后来到了县里工作，在青田这样的小县城里，他仍然算得上一个屈指可数的“文化人”。

解放初期，父亲朱瑞卿被选进政府土改工作队，到十里八乡去帮助群众丈量土地，搞土改工作。由于工作出色，土改结束后被安排到县政府财粮科工作，具体负责征粮事宜。

村民们挑着上交的粮食过来，他一筐一筐耐心地予以过秤。等一排溜箩筐中的粮食一一过秤之后，才回到办公室记下每户人家上缴的每一笔公粮。由于他有着超强的记忆力，又为人正派，做事公道，他所过秤的粮食从不会出半点差错，既受上司肯定，也常得到广大交粮农户的好评。

两岁那年，朱光然一家人搬到了青田县城，借住在清溪门旁亲戚家的两间木房子里。

“清溪门”是县城临江的一个重要门户。据《青田县志》记载：明嘉靖三十五年，知县李楷、县丞熊缨筑城抗倭，城高两丈八尺，宽两丈，开“龙津、清溪、锦屏、丹山”四门。因城门之外就是滔滔东流的瓯江，“瓯江”古称“清溪”，“清溪门”因此得名。

城门下的埠头，是古时县城最繁华的口岸码头，俗称“官埠头”。“官埠头”水位深、体量大，是一个深水码头，八百里瓯江航道，下到温州府，上至处州诸县，进出青田县城的大宗物资，都得由此进出装卸。官方税收、航运等管理机构也就设在清溪门上的城楼里。

勤劳的人们，肩挑背扛着大包小袋的物资，“哼哧”“哼哧”，频繁往来于城门之间，朱光然从小就受到了很好的劳动教育。

秋日夕阳西下的黄昏，他常与小伙伴们一起，趴在房前的古城墙上，非常出神地看着江对岸的浅滩上从下游上来的帆船，艄公们卷着裤腿、弓着身子、唱着号子拉纤的样子。他还不忘与小伙伴们一道鼓着掌，“嗨吆”“嗨吆”，为辛勤劳作的艄公们喊加油。

母亲章金兰，更是孩提时代朱光然身边的辛劳典范。父亲朱瑞卿为政府做事，几乎把所有心思都放在了工作上。他尤其注意自身形象，走在路上将身板挺得直直的，上衣的口袋处总别着一两支钢笔，表示他是读书识字喝过墨水的。一身外套洗得已经难以辨清它本来的颜色，但总显得一尘不染。母亲愿意让父亲在家里做“甩手掌柜”，而把家里包括一家子吃喝拉撒、缝补浆洗等等所有的家务事，全揽到自己的身上。

由于家庭人口众多，下有五个年幼的孩子，上有两位上了岁数的老人，靠父亲那每月二十来元的微薄薪水，根本解决不了九口之家的生活问题。

为了分担家庭经济压力，母亲章金兰一面替一些家庭富裕的大户人家洗衣服，赚点微薄的酬金。洗完衣服，还要到家附近的草席厂去做临时工，将晒干的龙须草，按不同的粗细与长度分类整理，供工人们编织草席。多一份工，每个月可以增加三四元的收入。

干完了外头的活，一回到家里，她就得马不停蹄地做家务，做饭、扫地、洗衣服……

吃过了晚饭，收拾了桌子、灶台，老人和小孩都上床睡觉了，母亲的针线活又要开始了，她每年都要给爷爷、奶奶等长辈以及孩子们，每人做一双新布鞋。

做布鞋有许多道工序，每做一双布鞋，都得花上许多个夜晚。

那时人们还没用上电灯，也只有有钱人家，才买得起煤油点灯。人们把煤油叫作“洋油”（意为进口的洋货），不但贵，还需要凭票供应。困难的人家，只能用竹黄和松明来点灯。朱光然的记忆里，他们的母亲大多是在黑夜里摸着黑，凭着手感，缝补衣裳和纳鞋底。常常是他一觉睡醒，母亲还在摸黑做她的针线活。有时睡梦中还会听到母亲“哦呀”一声叫着疼——他知道那是母亲累了，瞌睡中针扎到了她自己的手。

纳鞋底讲究锥孔正、针脚匀，疏密得当，紧实耐磨。母亲手巧，她所纳的鞋底不但能满足这些最基本的要求，有时还能在上面弄出一些精美的图案。

童年的生活简单而有趣。没有高科技的益智玩具，弹柿子核，掀三角纸牌，滚铁环，击弹珠，折纸飞机，抽打陀螺……这些就是小伙伴们最有趣的游乐方式。

下河捞鱼，到水田里捡田螺、抓泥鳅，也是朱光然最值得回忆的童年乐趣。

小时候他是小伙伴们公认的抓泥鳅能手。光着脚丫子，在去外婆家路两旁的水田里。他并不是像其他小伙伴那样一到田里就乱摸乱抓，而是全神贯注地先经过一番静静观察，判断泥鳅的迹象，然后突然出手，几乎是十拿九稳。运气好的时候，半天时间，他甚至可以抓到几斤的泥鳅，足以让全家人打牙祭，改善伙食。

2 厄运降临到照相馆拍张全家福

青田是典型的季风性气候，每年的五到六月份，境内多雨水，因正值梅子成熟之时，人们就将此时的雨水称作“梅雨”，把这个时段称为“梅雨季节”。梅雨季节最大的特点就是空气潮湿闷热，让人十分难受。

一天中午，时间已近十二时，一家大小围坐在饭桌前等待着父亲下班回来开饭。

朱光然感觉到了饥肠咕噜，饭桌子中央的那盆鱼骨汤正冒着腾腾热气，飘着诱人的浓香，馋得他们兄弟姐妹们直咽口水。

这可算是难得的美味佳肴。鱼骨头是邻居家送的，邻居家夫妇卖鱼，卖鱼的夫妇俩常常因为丈夫赌博输钱而吵架——朱光然与邻居家只有一层旧木板相隔，而且木板与木板间还有着很多的缝隙，遮挡视线与隔音的效果极差，邻居家稍有响动，朱家这边就能听得一清二楚。朱光然的父母常常去邻居家劝架，跟他们说些和睦才能兴家，和气方可生财的道理。

卖鱼的女主人为了答谢朱光然父母的友好劝架，有时就会把一些卖鱼时剔除下来的鱼骨头送给他们家熬汤。

在家人翘首以盼中，父亲急匆匆迈进了家门。

父亲没有像往常那样干咳两声，绕过孩子们到饭案居中的位置坐下，等着母亲替他盛好饭递到他跟前，然后慢悠悠拿起筷子宣布“开饭”，而是一反常态地命令家人抓紧准备去照相馆拍“全家福”。说着经自跑到卧室去找自己的外套穿上了。其实那时节天气已经相当闷热，许多人都已经穿短袖了，父亲却还要有意换上他那套爱穿的“干部服”外套。

朱光然感到怪怪的，但看父亲一脸严肃认真的神情，谁也不敢多说一句话。

“父亲这到底为了啥呀？是不是有了啥喜事？”出门的时候，九岁的小光然，尽量往好的方面想着。

从照相馆回来的路上，看到大人们个个苦着个脸，他方才有了一种不祥的预感。

不久，父亲就被人带走进行隔离审查，据说是他的一些朋友犯了案子，牵连到了他。其中有一个朋友也姓朱，在县政府做事，职位不低，人家怀疑他与台湾的国民党有瓜葛，怀疑他是“反共救国军”在青田的头目。

1957 年 6 月 7 日，因“参匪・任匪职”等问题，青田县检察院做出了对朱瑞卿“免于刑事起诉”的决定，父亲朱瑞卿保留干部身份，仍有工资，但被下放到了非常偏远的，北山区坑底公社高桥背大队进行劳动改造。

从县城到父亲劳动改造的那个大队，差不多有两天行程。在官埠头上航船，逆瓯江，上小溪，过北山区公所所在地的白岩埠头，转坑底乡坑底村上岸，然后还得爬三个多小时的山路。航船每天只有一班，水上大约需要十五个小时，一般需要在船上过夜。

尽管官埠头距离朱家租住的地方不足百米，中间只隔着一道城门——清溪门，但父亲还是没有让家人去送行。

那天清早，孩子们都还在睡梦中，父亲就摸着黑带着他的简单行囊上了船。回想起来，朱光然觉得，父亲肯定是为了避免出现那种叫人难以忍受的一家人生离死别的场景。

不过，临别前一天晚上，父亲给他们兄弟姐妹们讲的那个祖上县令蒙冤的故事，朱光然却是至今记忆犹新。

父亲告诉孩子们，朱姓祖先原本是在陕西那边的，后来有个叫朱匡的受朝廷的指派，到青田担任县令，经过历朝历代的繁衍生息，青田就有了庞大的朱氏子孙。细算起来，朱光然这一代，就是朱匡在青田的第三十二代后裔了。至今在青田的朱氏家谱里还记载着朱氏家族的来历，以及朱匡在青田造城的动人传说。

相传青田在唐朝建县之初，鹤城还只是瓯江边上一个普通的小集镇，每逢夏秋雨季，山洪暴发，瓯江水势汹涌，时常吞没田园和屋舍，百姓十年九灾，苦不堪言。出身陕西万年县的朱匡，受朝廷之命到青田任县令后，为官清正，十分同情百姓疾苦，一心想围滩建城，为民造福。

他开仓放粮，采取以工代赈的方式，发动了上万民工开始声势浩大的治江、围滩、筑堤、造城工程。据传在选择堤基之时，曾几多周折，后来是在一群白鹤的指引下方才筑堤建城成功——“鹤城”即因此得名。

朱匡为了造福百姓筑堤造城，却遭到诬陷，被冠以“私造城池，笼络民心，图谋造反”之罪名，招致杀身之祸。

事后，皇帝知道自己错杀了忠良，即让朱匡的两个儿子继续在浙江做官，一个留在青田做县令，另一个做了永嘉县令。时至今日，朱县令“勤吏事”“劳于官”的事迹，仍在青田坊间传为美谈佳话。

在《处州府志》第一卷第一册里，尚存关于“青田唐县令朱匡”之史料可考：朱匡，京兆人，光启间令。勤吏事，卒官。民不忍其丧去，留葬县校场巷南五十步。子孙居此守冢。云云。

父亲朱瑞卿在下放改造前夕，再一次给孩子们讲起朱县令造城蒙难的动人传说，有借此自勉之意，自然也还有教育他的孩子们凡事要经得起磨难，受得起冤屈的寓意在。

3 父亲涉嫌被判入狱

父亲被下放到偏远山区农村劳改期间，家中的生活重担全落在了母亲章金兰瘦弱的肩膀上。七十多岁高龄的爷爷朱卓典，四处托熟人找关系，希望能把他的儿子朱瑞卿早点放回来。

一天，时任油竹下村大队副大队长的堂兄到县里开会，爷爷就托他打听儿子朱瑞卿的情况，堂兄却给朱家带来了更加不幸的消息，说朱光然的父亲朱瑞卿，因涉嫌“逼死人命”，已经被逮捕了。爷爷朱卓典和母亲章金兰，都被这个天打雷劈的消息吓晕了。全家人相抱着号啕大哭了一场……

父亲朱瑞卿下放高桥背大队劳动改造时节，各地都在搞“大办钢铁”和办“大食堂”，个人家庭一律不得开伙，都得到大队部吃大食堂。每户人家里的一些锅、铲什么的，稍带点金属的物什，都扔进了钢炉里炼钢了。

人祸加上天灾，粮食减产，各地普遍闹饥荒。父亲朱瑞卿下放劳动的高桥背大队，两位大队主要干部因为饥饿难忍，竟然乘他到乡里开会的时候，把村里仅有的一头耕牛给偷偷宰杀了，并栽赃于村里一位替生产队放牛的小伙子。

父亲朱瑞卿从公社开好会回到村里，大队干部将“丢牛”的事跟他说了，并把已经抓获的“嫌疑人”张某交给父亲，让父亲派人将他送到公社里去。

其时天色已晚，朱瑞卿做了一些简单的调查了解，就让人抽了小伙子的裤腰带，暂时将他关押在一位村民的空谷仓里头，并派了专人在谷仓外看守。

岂料次日早晨，小伙子乘看守他的人去吃饭的当儿，居然用落在谷仓内仅有的一尺多长的一段箩筐绳，扣在脖子上上吊自杀了。

这就是父亲涉嫌“逼死人命”的事实经过。

两位大队主要干部是案子的始作俑者，分别被判处有期徒刑二十年和十五年。

朱瑞卿原本就是在“戴罪下放劳动”期间，并且新中国成立前他还曾在国民党部队服过役，有着一段说不清的“历史问题”，法院对他那是老账新账一并算，给他也判了二十年。

父亲在国民党部队服兵役的“那段历史”，朱光然小时候也是多次听奶奶说起过的。奶奶父母早亡，留下一个小弟跟着她生活。奶奶的弟弟，朱光然的父亲应该叫他“舅舅”。但这位“舅舅”是个十足的游手好闲之徒，他染上了赌博恶习，还欠下巨额的赌债。为了偿还赌债，舅舅竟然把搞钱的歪脑筋动到了自己的亲外甥头上。

有一天，舅舅要带他的外甥朱瑞卿到温州城里玩，见识不多从未出过远门的朱瑞卿，二话没说就高兴地跟着他的舅舅去了。

岂料为还赌债，早已预谋在先的黑心舅舅，竟把他的亲外甥像商品一样卖了。朱瑞卿被卖给了一个大户人家做壮丁，稀里糊涂地代替他人，被送到上海的国民党部队去当兵。爷爷得知朱瑞卿被卖的消息，急得像热锅上的蚂蚁，多方托人打点关系，最后卖掉了四亩田地，通过部队里的青田老乡，才把他赎回来。

这段历史永远留在了他的档案袋里。县法院做出对朱瑞卿刑事判决的同时，县人事局也发出了开除其公职的文件。

父亲朱瑞卿被判刑入狱后，朱光然一家都变成了劳改犯的家属，和其他的“地、富、反、坏、右”分子一样，被下放到农村改造。

4 在忍饥挨饿的日子里坚守

1960 年 9 月，受牵连的一家老小重新回到了朱光然的出生地水南区油竹公社下村大队——此时“乡”已改叫“人民公社”，“行政村”改叫“大队”，“村民小组”叫“生产队”。

一些简单的旧家具和旧衣服，被重新搬回到了朱光然出生时的那间祖传的古宅里。

那几年是朱光然一家生活最艰难的时候，政治上从干部家庭，变成了“反革命家属”，仿佛从天上掉到了地下，谁都可以鄙视你，家人不论大人小孩到处遭人歧视。走在路上，人们都会用异样的眼光看你。

运动来了，大队和公社里要开大会了，母亲章金兰就常被“揪出去”，与公社范围内的其他“地、富、反、坏、右”站在一起陪斗。

孩子们在学校里即使学习再优秀，也没资格当班干部，还时常受到同学的欺负。

在大队里读个小学尚且马马虎虎，想要到公社学校去读中学，那就是“政审”不合格，连门都没有。

经济上的压力自然还要大，父亲每月二十三元的薪水没有了，家里又没有一个正式的劳动力，上有一位七十多岁的老人（指爷爷，当时奶奶已经去世，奶奶去世前，为给她治病，母亲把家里最值钱的一件家具——那张三叠额头的雕花木床都卖了），下有五个年幼的孩子，家中常常是吃了上顿没下顿，作为当家人的母亲，一天到晚都在为一家人的口粮发愁。

看到孩子们饥饿的眼神，母亲心如刀割般地疼。因为缺粮，母亲章金兰总要在粮食中加进更多的菜蔬和水，她所煮的稀饭，稀薄得几乎见不着米粒子，勺子一进去“哐当”一声就落到了底。

每次盛饭，她总是用勺子在煮稀饭的锅子里搅动一番，首先为爷爷捞取稍稠的一碗，接着再盛给会干点体力活的岁数稍大的孩子，然后为几个年幼的孩子一一捞盛。最后留给她自己的，也就是一些锅边的残渣，和几乎见不到什么漂浮物的清汤了。

记忆中的少年时期似乎总是处在饥饿状态，家里仅有的一点粮食，朱光然不敢轻易与其他孩子“抢食”，否则他的弟妹们就很难存活下去。正在长身体的朱光然，几乎天天感觉到饥肠辘辘。他常常跟村里的小伙伴上山采摘野果：“红刺果”可以直接充饥，青杠子磨成粉也能代替粮食，挖来的蕨根可以敲碎洗出淀粉，做“糊糊”吃。最后甚至连“美人蕉”的根也煮熟了吃，“蓖麻子”也炒熟了吃——尽管一吃完就容易拉肚子，最起码还能带来一点点饱腹感。

“糠糍粑”是困难时期留给朱光然最深刻的记忆。

朱光然记得当时村人们有种“麦出不吃米，米出不吃麦”的说法。其实说的并不是麦子熟的时候不想吃米，稻米出的时候不想吃麦子，而是说的一种青黄不接的困难情形——由于困难，麦子出来的时候，家里早已经没有稻米吃了，只能天天吃麦子。等到稻米出来的时候，麦子又早被吃光了，只能靠稻米了。

通常这里所说的，还是一般好人家好年景时的困难情形，类似于朱光然这样的家庭，既属于劳改犯的家属，又是缺乏劳动力的特殊家庭，困难情况自然更加超乎人们的想象。

那时麦子与稻谷的加工工具主要有两种，就是石磨和石臼。

麦子磨面用石磨，一个人推磨，一个人添加麦子，随着石磨子的圈圈转动，麦子就变成面粉和麦麸，一起从两片石磨子的空隙处出来了。只有条件稍好的人家，才能筛去麦麸留下面粉，然后烙饼做面条面疙瘩吃。像朱光然这样的穷苦人家，哪舍得把麦皮去掉？只能将麦麸和面粉和在一起充饥。

稻谷则是用石臼舂米，然后用风车把米和糠分开来。

谷糠还有粗糠与细糠之分。粗糠是稻谷最外的那层表壳，细糠则来自表壳中间的那一层。粗糠没有食用价值，细糠一般人家是用来喂畜禽当饲料的，可是在饥一顿饱一顿缺粮严重的日子里，朱光然的母亲章金兰有时只能用细糠做糍粑，让家人充饥。孩子们常常是边吃边哭，和着泪水往下咽。

谷糠做的糍粑，非但难以下咽，咽下去了到了肠胃里，也是极难被消化，是绝不能多吃的，吃多了会使大便干结，肠道堵塞，造成肚子发胀，严重时还会致死人命。

小弟朱光琴因为年幼无知，有一次饿急了，就放开胃口吃了母亲做的糠糍粑，结果大便干结了拉不出来，咿里哇啦叫着疼。

家里没钱让他看医生，母亲章金兰只好给他拿一个木盆，在木盆里放些水，让他坐到木盆里，自己用小手慢慢地抠。由于肚子胀得难受，肛门又被抠出了血，小弟朱光琴泪流满面，疼得嗷嗷大叫，一面还不停地喊着“外婆，救我！”“外婆，救我！”

就在一家人生活举步维艰几乎面临绝境的时候，一个远房表姑特地找上门来当说客，她或许是纯粹出于对母亲的同情，或许是受人之托。

远房表姑对朱光然母亲说，如今你丈夫是逼死人命的劳改犯，判了二十年的徒刑，你一个妇道人家当着家，上有老，下有小，每天吃了上顿没有下顿的，你能养得活这么多孩子？这二十年可不是一天两天呀，这苦日子啥时候是个头啊？再说这二十年指不定会发生啥变故呢，朱瑞卿能不能活着出来都是未知数……

远房表姑劝母亲把几个小的孩子送给有钱人家，留下两个大的给自己搭个帮手，这样也好给各自找个活路，免得一家人一起受苦遭殃。

这远房表姑大老远跑来，竟然是为了劝母亲把孩子送人！

母亲顿时眼泪夺眶而出。

她哽咽着对远房表姑说："我的孩子们已经够苦命的了，他们的父亲进了监狱，如果再没了娘，他们将怎么活啊？将来我将怎样面对刑满释放归来的丈夫啊？"

母亲说尽管眼下是累一点，苦一点，孩子们也是吃不饱饭，穿不暖衣，但一家人每天都可以在自己的身边，围着自己转，这至少还是一种安慰。

"要我把孩子送人，我绝对做不到！"母亲坚定地说。

面对艰难人生，母亲章金兰没有丧失信心，她始终对未来充满希望。她无数次在心底里下定决心：一定要把孩子们抚养成人，等着丈夫回来团圆。

苦难最能磨炼人的意志。

母亲是坚强的，同时又是豁达的。无论生活多么艰难，她从来没有抱怨、叹气和消沉。在是非面前母亲表现出超人的淡定、刚强，即便运动来了，被人拉出去与"地、富、反、坏、右"站在一起陪斗，遇到周围人的冷眼，她也总能做到不动声色，将委屈藏在心底。

5 只要亲情在希望就在

在最艰难的时刻，外婆的帮助与鼓励，如寒冬里一缕和煦的阳光，温暖着母亲和孩子们的心。

外婆知道女婿朱瑞卿含冤入狱，女儿承受着巨大的压力与苦难，常常来到女儿身边，成为朱家最有力的支持者。

朱光然的外婆，也是个饱受苦难，但依旧保持着善良与豁达天性的老人。她从小有个不错的出身，长大后嫁到青田北山一个姓张的大户人家，可丈夫不幸早逝，留下她和一个患有眼疾的年幼的儿子，孤儿寡母。其实当时外婆还很年轻，但在封建社会里，寡妇是要遭人冷眼和受人嫌弃的，在万般无奈的情况下，她只有净身出户，重嫁到了油竹乡西洋村的一户章姓人家。

由于聪慧贤淑，热情大方，朱光然的外婆在西洋村，颇受章家人及左邻右舍的尊重。

在朱家即将揭不开锅的时候，外婆总是要把自家节省下来的一些粮食和油盐酱醋，送来接济朱光然一家。

外婆是裹小脚的，属于典型的“三寸金莲”。从外婆家的西洋村到朱光然的下村，距离并不远，可是外婆为了赶时间，喜欢择近道，她双手拎着东西，“三寸金莲”踩在窄窄的田埂上，踉踉跄跄晃动着身子过来，让少年的朱光然见了有些心疼。

外婆虽然没有正式去学堂上过学，但她却见多识广，骨子里甚至还有几分像读书人，她总教育孩子们长大了要做一个明理的人，告诉孩子们“有理走遍天下，无理寸步难行”。

外婆常与母亲谈心交心，用自己的亲身经历，摆事实，讲道理，让全家人振作起来。她说人生没有过不去的坎，只要活着，就有希望，熬一熬，挺过去，就好了。

她老劝慰母亲：你的这些孩子很快就长大成人了，等他们长大了会劳动，就可以挣工分养家糊口，生活会慢慢好起来的，困难只是暂时的。

外婆那个有眼疾的儿子——也就是朱光然的大舅，叫张松，小名“阿孙”，外婆再嫁之后，“阿孙”留在张家，常常遭受家族的欺凌，后来被扫地出门，以乞讨为生。朱家住在县城，生活光景尚可之时，他找上门来认亲，母亲也与之以哥妹相称，施以饭食。在朱家生活最艰难的时候，朱光然那位以乞讨为生的大舅“阿孙”，也没忘了找上门来，把自己节省下来的一点可怜的“百家粮”，带来接济朱光然一家。每当回想起这些情景，朱光然都不免潸然泪下。

外婆与大舅用最善良最朴实的帮助，让母亲一次更比一次坚强起来。母亲带着几个年幼的孩子，一天天把日子挺过来。母亲不去在意外人的歧视和族人堂亲的冷漠，坚信生活没有吃不了的苦，人生总有熬出头的时候。实在憋屈时，就想想含冤入狱的丈夫，想想已经缺失父爱再也不能没有母爱的孩子。

外婆与大舅无私的爱，使母亲更加深切地体会到孩子不能没有娘，生活再困难，也要带着几个孩子在身边。她明白只要亲情在，家庭的希望就在。

母亲是家里的顶梁柱，她白天像别人家的男人那样到生产队挣工分，稍有空闲则见缝插针到自家的扩种地里干活，晚上回到家里，还要与家人一起编织草鞋。

编草鞋的主要原材料是稻草和蓖麻，稻草要用木榔头敲打柔软，蓖麻收割后则还需要泡软、剥皮、晒干，然后搓成麻绳，程序比较烦琐。但是，大人小孩都容易插得上手，昏暗的竹黄灯下，有人帮着锤打稻草，有人帮着整理麻筋搓麻绳，有人帮着修剪毛边……回想起一家人在一起干活的那些细节，朱光然至今仍感觉到有些其乐融融的意味。

编织好的草鞋需要两只一双，五双一串地串好，码好，次日一大早则由爷爷带着朱光然，走街串巷，挨家挨户，吆喝着去卖，或者到村口、桥头，向往来的行人兜售。

每双草鞋可卖五六分钱，卖草鞋所得的钱，成了朱家补贴家用的主要收入来源。

母亲就是凭着这点微薄的收入，精打细算安排一家人的家用开支。为了不使自己的孩子在他人面前自卑，她还想方设法让每个孩子每年都能穿上一套新衣裳。

那是计划经济时代，物资极度匮乏，油、盐、酱、醋、火柴、肥皂等等，什么物资都得凭票供应，买米要粮票，买布要布票。限量的布票，根本不够每人每年购买缝制一套衣裳的布料。母亲章金兰便常常去供销社，专等那种一尺布票能购得五六尺布料的零碎布头——这种布头布脑，价格还便宜，买回来拼拼凑凑，给老人和孩子做衣裳，特别划算。

等到一家老少每人都有了新衣服和新鞋子，每年的除夕夜也就差不多到了，母亲就会将做好的新衣服和新鞋子，在孩子们睡着后整齐地放在他们的枕边。

春节早晨的鞭炮声一响，朱光然也就可以跟别人家的孩子一样，穿着新衣迎接新一年的到来。

6　苦难让他从小学会了担当

朱光然一家人租住在县城亲戚家的时候，父母每天要上班，哥哥朱光荣也要去上学，通常小弟都是由姐姐朱光媚来照看。

有一次，姐姐朱光媚正忙于别的事，朱光然和小弟朱光琴两人留在家里，朱光然才五岁，朱光琴还只会爬行。五岁的朱光然从没有照看小弟的意识和经验，一不注意小弟朱光琴就沿着狭小的木梯，从楼上滚了下去，落在硬地上，撞得头破血流，不省人事。

接到好心邻居的报信，正在上班的母亲章金兰连忙从草席厂赶回家，看到满头是血的小儿子，一动不动地躺在地上，仿佛没有了知觉。

母亲被吓坏了，眼泪奔涌而出，一面慌忙抱起孩子往医院跑。经抢救小弟朱光琴很快脱险了，医生仅给他开了点药，说孩子并无大碍，只是出现了瞬间的昏厥。

朱光琴服了药，然后休养一段时间就没事了。

父母也没有因此责怪朱光然什么，毕竟他还是个年仅五岁的孩子。

但是这件事给朱光然的触动很大，教育也十分深刻，事后他常常为此自责，他说当时父母和哥姐都不在家，照看好弟弟，理应就是他朱光然的责任呀！有责任就得有担当！尽管当时他才五岁。

之后一路走来，从朱光然身上表现出来的那种强烈的责任意识和担当精神，也许就开始萌发在那个时候。

朱光然是跟着家人的下放，三年级下学期从县人民小学，转学到油竹公社小学的。上学之余他主动帮助母亲分担起家庭责任，从洗碗、扫地等家务活，到拔猪草、拾猪粪、放牛、种菜、打柴等等。

牛是生产队的耕牛，替生产队放牛可以赚取工分。朱家没有劳动力，母亲争取到了一个替生产队放牛的名额。放牧之余，牛就关在各自的牛栏里，替生产队放牛不但可挣工分，还可为自家积些肥。

到了礼拜天，朱光然要么跟着爷爷卖草鞋，要么就是放牛或者上山砍柴。

砍柴是既苦又累的重体力活，通常是身强力壮的后生们干的。一般在砍柴的头一天晚上，就得约好伴，磨好柴刀，准备好刀鞘、草鞋和冲担。次日早上，天刚蒙蒙亮，便要起床吃饭，然后穿好草鞋、系上柴刀、背起冲担，一群人相伴相随上山去。

上山的路起初还是有些模样的，随着山的海拔高度不断上升，距离村庄越来越远，脚下的路就变得模糊起来，只是依稀可辨一些路的影子而已，有的地方甚至荆棘密布，进退困难，一不小心就会被划破手脚皮肉。

小的时候，朱光然主要是跟着大人们去捡拾枯枝条，搬回来让母亲当烧火柴，用来烧水做饭的。那些枯枝败叶一般都处在大的柴丛之中，划拉好长时间才能遇上那么一两根满意的枯枝条，然后将捡到的枝条用力拨拉到一块一一理顺畅了，堆叠在一起，用绳子捆结实，肩挑背扛回家。

朱光然从小营养不良，贫血，肺活量小，跟在大人们后头爬上坡路，他总是掉队。没爬几步，就会感觉到心怦怦跳，喘不过气来，只得停下来，喘匀了气，再接着爬。有时甚至需要卧地休息一会儿，才能继续爬。

好心的大人们也会停下脚步等等他，关心他一下，给他一些加油鼓励之类的话。有人还会主动帮他将捡到的柴火捆好，放到他肩背上。

朱光然生性好强，他每次都想多打点柴火回家，一次次挑战自己的极限。捡拾柴火的地方一次比一次远，肩挑背扛着柴火往回赶的时候，多半已是午后时分，大清早咽到肚子里的那点粗粮蔬菜什么的，早已消耗殆尽，路上又饿又累，还要担心下坡时没踩扎实而脚下打滑，简直步履维艰。

要是遇上冬天日子短，等到看得见自己的村子，基本已是傍晚，太阳西沉时分了。人饿得肚皮贴到了后背上，虚汗直冒，回到了家里，都差不多瘫倒了，连说话的力气都不再有。

随着下一个周末的到来，这样的生活又将继续重复。

说起小时候上山捡柴火的那段经历，还有两样东西让朱光然特别后怕，一是霜牙，一是槭树。

那时候江南的冬日天气也特别冷，早晚的最低气温甚至在零下好几度，山区常有霜冻。母亲虽然是打草鞋卖草鞋的，朱光然却常常穿着破草鞋上山打柴，有时裸露在外的小脚丫就直接踩在霜牙子上，发着“涮涮”响声，脚趾冻得像红萝卜，又冷又疼，那种感觉简直难以言表，无法让人忘怀。

另一种情况就是在夏天碰上槭树，造成皮肤过敏，红肿发痒，抓也不是，不抓也不是，十分痛苦。那时家里又穷，没钱治疗，只能默默忍受……

7 十七岁少年挑战正劳力工分

尽管朱家有读书的传统，母亲也有决心咬紧牙关让朱光然上学，但“劳改犯”“反革命”的孩子，想要上中学，“政审”这一关是很难过去的，朱光然能上完小学就算不错的了。

穷人的孩子早当家。

从小便有强烈责任感和坚忍不拔品行的朱光然，以自己母亲为榜样，勤奋劳作，以稚嫩的肩膀和坚强的毅力，帮助母亲共同挑起了家庭的重担。

他小学毕业之时，姐姐朱光媚已经出嫁，哥哥身为长子，却由于从小受长辈们的溺爱，缺乏责任意识，没有充当家庭主心骨的样儿，朱光然看不下去，只好撸起袖子，冲到了前头，承担起家里主劳力的角色。

上山打柴，他不再满足于仅仅捡些枯枝败叶，用作家里烧菜做饭的柴火，他也要像村里其他后生一样，砍柴卖钱，补贴家用开支，用柴爿、柴棍、柴枝，换取家里必需的柴米油盐。

在生产队里赚工分，他不再满足于五分、六分，七分、八分，当时他最大的愿望，就是要当个正劳力，每天赚取十个工分！

通常情况下，能当正劳力，每天赚取十个工分的，起码都是年满十八周岁以上的后生。尽管当年的十个工分，到了年终分红还不足两毛钱。

十七八岁的朱光然，身高与蛮力都已不亚于一般的正劳力，只是身材还略显单薄，脸蛋看上去还是不失稚气，在大人们眼里，他还是个孩子。

朱光然喜欢自我加压，挑战自己。

生产队长说你要想当正劳力，评上十个工分，就得会扶犁耕田，朱光然说他想试试。生产队长专挑那种小块的山田让朱光然耕作，其中一亩山田分十二小块。朱光然知道队长是有意要为难他，可他没有退却。

扶犁耕田既要消耗体力，更要讲究技巧，关键是对犁头入土深浅的把握，和对耕牛的稳定把控。比较起来，耕作小块的山田，比耕作平坦处大块的田，难度自然更大。可朱光然似乎天生就是个好把式，他手里把控下的耕牛，往往是头翘、腰直、步伐稳健，沿直线匀速前行；犁头底下哗啦啦翻滚出来的土，也是厚薄一致，宽窄均匀。并且，看样子人和牛消耗的体力都还不大。

耕作效果队长出乎意料地满意，该关考验顺利通过。

紧接着的考验是插秧。

生产队长又说了，你够不够正劳力还得看插秧，能不能插“头手”，插不插得了“头手秧”？

所谓插“头手秧”，也就是第一个下水田，领头插秧，插第一手秧。这开道用的第一手秧，是要起标杆作用的，必须“横平、竖直、斜成线”，并且速度还不能慢，不能让后头的人停下来等着你。紧跟之后的其他插秧人，都是要以你为参照，二、三、四、五排开，紧跟你的后头进行播插劳作的。

一丘水田的秧苗插得怎么样，关键就看“头手”的水平如何。

是驴是马拉出去遛遛。朱光然的“头手秧”初试结果，现场所有的人都为之感到惊诧，连生产队里的老会计也看得张大嘴巴大跌眼镜。

只是谁都不知道，为了实现这“横平、竖直、斜成线”的七字要求，朱光然暗地里曾下过一番怎样的苦功。

在此之前，朱光然从未有过插“头手秧”的机会，但他总是将每一次插秧，都当作“头手”来严格要求自己，哪怕是跟在人家屁股之后，插“末手秧”，他也要严格做到“横平、竖直、斜成线”。

夏日的午后，在生产队出工之前，朱光然常常用向楼板坪上抛鸡毛毽子，来锻炼自己的眼神与出手的速度——这种毽子是用大公鸡的羽毛捆扎的，底下包一枚硬币般的小铁片，起平衡与稳定作用，通常孩子们喜欢用来玩踢毽子游戏。

朱光然用毽子练眼神与速度的时候，准备了大把的毽子，然后将一只一只的毽子，极快地丢到楼板上，一遍又一遍地反复操练，待到够上“横平、竖直、斜成线”的要求，插“头手秧”的眼神也就差不多具备了。

为进一步提高自己的插秧速度，朱光然还专门准备了一把秧苗，在自家廊檐下的硬地上进行训练，“嚓”、“嚓”、“嚓”，等到了第五簇秧苗着地，第一簇秧苗尚未倒下，功夫也就差不多到家了。

朱光然除了从犁田、插秧等劳动技能上看，已经是一把好手，与其他社员相比，他还特别能吃苦耐劳，从不拈轻怕重，所以评工分时，生产队长评给了他十分，谁都不能不服。

盛夏时节是一年中最热的时候，正午时分最高气温高达摄氏四十多度，背上的太阳往下照，田地里的热气往上冒，烤得人汗流浃背。这个时节既是青田一带田地里的麦子和马铃薯抢着收成，夏玉米和晚稻抢着播种，通常所谓的抢收抢种——“双抢”时节，生产队需要天天出工，朱光然总是一天也不会落下。

播晚稻又是“双抢”中最难吃的活。翻耕好的水田需要施加绿肥，割绿肥得上高山，季节已晚，唯有高山的青草树叶才是嫩的，容易腐烂成肥。上山割绿肥得起早摸黑，等到一担绿肥割好挑回来，往往午时已过，然后还要待生产队过秤后，将之分散到水田里，再用脚踩踏到烂泥底下去。

一百斤上好的绿肥，也能记十个公分。

插晚稻时水田里的水热得冒烟，烫得人起跳。在水田里插秧久了，还有蚂蟥悄悄爬上你的腿，黏附在那里吸血。朱光然见着了腿上那被自己的血液撑得滚圆的蚂蟥，感到特别恶心，但他只是一巴掌将他拍下去，让它滚落回到水田里，顾不上自己那又肿又疼痒的腿，继续低首弓腰插自己的秧。

秋日收地瓜更是个力气活。地瓜大多种在山地里，新挖出来的一个个浑圆的地瓜，叠到大簸箕或蔑箩筐里，每担有近两百斤重量。轻些的担子总是让年龄大的和某些体弱者先挑，留下的给年轻的后生，剩下最重的往往就是给朱光然的担子。

生产队出工之余，朱光然一有时间，还要带领弟弟妹妹到山上开荒搞扩种，种些玉米、地瓜、马铃薯之类，补充家里的口粮，好让一家人都能填饱肚子。自家屋后的小山上，稍稍缓一点的坡地，都被朱光然带领弟妹几人，通过开荒变成了他们家的扩种地或菜园子。

8　跟着姨妈学石雕手艺

在农村学一门手艺，就等于找到了一条出路。有了手艺，便没有了晴天与雨天之分，晒不到淋不着的，娶媳妇都要容易。母亲见朱光然没法通过读书吃上“公粮”，便想着法子让他在农闲时节去学手艺。

学手艺，母亲自然就想到让朱光然去跟他舅公学裁缝。

舅公是奶奶的亲弟弟，比奶奶小两岁，小时候还是朱光然的奶奶提供条件，让他学的裁缝手艺，使得他凭着一门好手艺，吃得“四方饭”，将日子过得有些滋味。奶奶一直有个念想，希望自己的亲兄弟能在朱家困难之时，牵带一下朱家，在她病逝临终之前曾对她的弟弟——朱光然的舅公专门有过交代，说往后要是她的孙子想学裁缝手艺，请他这个当舅公的一定要带带他，把自己的手艺毫无保留传给他。谁知舅公舅婆有点势利，奶奶一走，看到朱家门庭败落，穷得三餐揭不开锅，竟然一口拒收朱光然为徒。

母亲只得在邻近的“彭括”村，为朱光然另找了一位裁缝师傅。

十四岁那年，朱光然根据母亲的安排，带着一些粮食作为自己的口粮，住进了这位裁缝师傅的家里。

可是日子一天天过去，并不见有人请师傅出去做裁缝活，家里总是冷冷清清的。朱光然在那里只是一味帮着他家做家务，并没有什么手艺可学——师傅本身的裁缝手艺也就不怎么样。

不出半月，朱光然便收拾行囊打道回府了。

没多久，朱光然又根据母亲的安排，跟着姨妈学石刻。

青田石雕巧夺天工，举世闻名，有着一千五百多年的发展历史，还远销世界各地，三百多年前就有青田“图书客”将青田石雕销往海外——青田石因适宜刻图章，俗称“图书石”，贩销石雕制品者自然就被称作了“图书客”。

姨妈是一位个体雕刻户，她的雕刻技艺在当时的青田石雕界，处于一般水平。她把买回来的一些大的石头，锯成一小块一小块，然后根据每块小石块的不同情形，巧取天然，将之分别雕刻成笔筒、烟嘴、和平鸽、小猕猴等等一些简单的小工艺品，拿到市场上托人销售。

姨妈的家离朱光然家不远，朱光然每天早上去姨妈家学艺，到了晚上回家。朱光然是她的亲外甥，他天性聪颖，悟性高，拜师学艺又十分勤奋、刻苦、用心，姨妈对他的技艺传授，自然是热情而毫无保留的，从剖石、取材、选题，到开胚、粗刻、精雕、打磨、封蜡……一整套的流程，加之如何握刀？怎样发力？如何“观岩察色”？怎样感悟主题等等，没用多少时间，朱光然就差不多全部掌握了。

朱光然不再去姨妈家学艺，而是在自己家里设置了操作台，自己琢磨研究，自己独立创作。

不久，他自己独立完成的雕刻作品，也就可以上市卖钱了。

雕石刻比打草鞋卖草鞋更赚钱，朱光然学到了这份技艺，为赚钱养家，帮助家庭渡过难关，起到了很大的作用。

石雕市场曾经比较火红，带来石雕行业的兴盛期，许多乡村都兴办了石雕厂。朱光然还在朋友推荐下，先后到本县的章旦公社石雕厂，以及温州地区的瑞安县凤头公社石雕厂，去当师傅带学徒，两个厂分别给他开出每月七十元和八十元的高工资。

不过做石雕，也是一个特别辛苦的行业，为节省原材料成本，弄到理想的雕刻石材料，许多石雕艺人都要亲自上山去寻找原石。

雕刻用的原材料属于一种伴生矿，一般伴生在叶蜡石矿脉之中，经地壳下岩浆活动生成，深埋于地表之下。

青田叶蜡石矿的矿场所有权，分两种情况：一种是国营的，采用比较规范的机械化设施开采，安全保障好，开采出来的矿石，以普通叶蜡石为主，雕刻用材只是其中伴生的极少一部分，但凡能做雕刻用材的，只供给国营或者集体的石刻厂。

另外一种就是私人不规范的开采，他们只冲着雕刻石来，没有像样的建设洞，过道狭窄，仿佛“老鼠洞”、“猫耳洞”，勉勉强强只够一个人爬进爬出。听凭挖石师傅的经验，判断准确碰上了好石料，就根据石头埋藏的方向继续深入，判断失误了就改向。挖完一块石头，再去探寻另一块石头。

私人矿场开采出来的雕刻石，谁出的价钱高就卖给谁。

朱光然记得他第一次上山寻找雕刻石材料，是朋友林云康陪着去的。进了私人的矿洞里才发现，里面满是水和泥浆，人需要爬行前进，洞里没有灯光，每个人自己点着蜡烛为自己照明，跟着挖石师傅，把师傅挖到的石头一趟趟分批搬运出来。

出了矿洞，整个人就变成了泥人。

进矿洞搬运石头不仅是脏与累，而且还有危险。

不过，促使朱光然放弃做雕刻而去学弹棉花，并非因为他吃不了苦，或者怕危险，却是另有缘由。

9　放弃雕刻改学弹棉花

朱光然有个姑父叫郭守林。较早的时候就出去走南闯北谋营生，与朱光然姑妈结婚前，他曾在江苏那边娶过一个江苏姑娘，结过婚生过子，对江苏那边的情况非常熟悉。

郭守林是个手艺人，会补碗、补鞋之类。他带着和前妻所生的儿子回到青田，与朱光然的姑妈重新成家后，起初一家人就依靠这些小手艺维持生计。

之后，又时常收购一些青田石雕小品，到江苏那边去贩卖，赚取一些差价。

朱光然看到青田石雕在本地市场有所疲软，姑父远走他乡卖石雕，却收获不错，自己也想跟着他试试。

哥哥朱光荣得知朱光然的计划后，非要争着跟姑父一起到江苏去见世面，朱光然只好由他代替自己跟随姑父去了。一起跟随姑父郭守林去江苏卖石雕小品的，还有他的另一个亲戚。

江苏那边的生意还真的比青田这边好做，三人很快就卖出了所带三分之二的货品。

姑父郭守林由于家里有事，把剩余的三分之一货品，留给朱光荣和他另一亲戚，在苏北连云港继续销售。

当时的连云港，比青田还要穷，留在那里继续销售石雕的朱光荣等两人，作为来自青田的“图书客”，所到之处颇受人尊重，还能获得一些小姑娘的青睐。于是，两人就动起了歪脑筋，希望在外面弄个老婆回家。

十天半月过去了，老婆没弄到，却把到手的钱全部花光了。

这一趟，哥哥朱光荣赔了不少钱，所赔的钱自然还得由朱光然替他还。

此一时，彼一时。

石雕市场行情趋淡，朱光然对雕刻的兴趣也渐渐趋淡，但他要通过一门手艺寻找一条出路的想法，并没有改变。

朱光然有个表舅是弹棉花的，经过外婆的撮合，他又开始跟着他的表舅学习弹棉花。

“檀木榔头，檀木梢；金鸡叫，雪花飘……”这是人们对弹棉花劳动场景的一种真实写照。

弹棉者身上背着几十斤重的木弹弓，左手握弓，右手拿个檀木锤子，弓上有牛筋为弦，频频击弦，弓弦便持续不断发出“嗡嗡”声，仿佛弦曲弹奏。

在牛筋材质的弓弦持续不断弹拨之下，铺摊在门板之上的棉花便渐趋蓬松，然后像冬日里的雪花般飘舞起来。

所有的棉花都弹蓬松了，又像是天上的白云被剪了下来，堆积在大门板上，弹棉花的师傅随之给它整理布型，牵纱成型，磨压定型，使之平贴、坚实、稳固——这样一床新棉被也就大功告成。

如果是旧棉胎翻新，麻烦就更多一些。由于生活穷苦，不少人是把久用之后变硬的旧棉胎拿来翻新、再翻新，不断翻新的。翻新前，需要把旧棉胎上原有纵横交错的纱线拆干净，再把坚硬结块的旧棉团卷成棉卷，拿到满是钉子的铲子上去铲，然后才能把一朵一朵铲下的棉花铺到门板上去弹，真正进入弹棉花的环节，使得因年头久远，已经又硬又黑的旧棉絮，经过重弹，又变得柔软蓬松，洁白如新。

弹棉花也是个“苦行当”，既是技术活，又是力气活。弹弓的本身的重量不是很大，由于杠杆原理的作用，腰间的牵引和肩上的负重却不小。弹的时候，细毛满天飞，半天下来，人的全身就成了白花花一片，类似于西方的圣诞老人了。

很长一段时间里，朱光然和表舅两人在平演公社屿仁大队弹棉花。由于正值“文化大革命”，屿仁村基本处于无政府状态，变成青田县最大的一个大赌场和木头买卖自由市场。

正在这村里弹棉花的表舅也染上了赌习，不分昼夜围在牌桌边，没有了做手艺的劲头。把弹棉花的活，基本交给了朱光然一人来干，这样一方面使得朱光然技艺大展，很快就掌握各个环节的技巧，另一方面，又是孤掌难鸣，让局面难以持久。

弹棉花的牵纱布纱环节，是必须有人搭把手的，开初每到牵纱布纱的关节点上，表舅还是能够从赌场赶回来，给朱光然搭个把手的，久了就连这点也难以做到了。

没多久，表舅因长时间参与赌博，体力透支，突然离世。表舅妈把表舅留下的整套弹棉花工具送给了朱光然。

表舅妈将弹棉花的工具馈赠朱光然的时候，朱光然的大哥正跟着姐夫程成光，在云和县的一个村子里劈山修路。

姐夫与哥哥修路的地方，在云和县的一个偏远乡村里。得知村里有人想翻新旧棉被而找不到弹棉花的师傅时，哥哥就写信回来告诉朱光然，让他去试试。

暂时赋闲在家的朱光然，二话没说便带着行囊与工具出发了。他先从青田县城坐车到丽水，再从丽水转乘到云和县城。

从云和县城到姐夫和大哥朱光荣修路的乡村，还有一百多里山路，靠步行，起早摸黑，需要一整天。

怀揣哥哥的信，根据信中所画的线路，朱光然天刚蒙蒙亮就动身了，沿着石头所铺的台阶一步一步往上登。脚下的路变得越来越狭窄，越往山里去，路两旁的丛林变得越深，除了偶尔能听到几声虫鸣鸟叫，相伴的只有自己急促的脚步声。

只有途经一处三两户人家的小村子时，朱光然才胆敢放缓一些脚步，把气喘匀了些。

过了村子，天色渐渐暗下来，恐惧再次袭上心头，他又开始加快脚步。

挑着数十斤重的工具和行囊，朱光然几乎是一路小跑着，在天全黑之前，终于赶到了姐夫和大哥开山修路的那个村子。

在附近的一些小村子里，朱光然的弹棉花生意倒是真的不错，淳朴的山民出的工钱也高，还把平日里自己舍不得吃的一些山珍，也拿出来招待朱光然这个弹棉花的师傅，令他甚为满意与感动。

但到头来，朱光然还是空着兜底回家——他弹棉花所赚的辛苦钱，全让大哥抵了赌债！原本以为大哥大老远地跟着姐夫去修路，是能够或多或少赚到一点钱，拿回去补贴家用的，谁知他非但没钱可拿回，还因为赌博欠下了不少的债。

朱光然一气之下回到了青田。幸亏在区供销社上班的舅舅，给了他一些生意上的帮助和精神上的安慰。区供销社每年都有一批救济被的采购指标，救济被是供给政府民政部门，然后分发给各地困难户的。

舅舅把救济被的部分订单给了朱光然。

朱光然带着弟弟朱光琴做帮手，日夜赶工，每天弹一条被子的速度，依然满足不了舅舅给他们的订单需求。

好不容易有了订单，又跟不上速度，朱光然心里十分着急。

怎样才能提高弹棉花的效率呢？

经四处打听，了解到有一种弹棉花的机器，可以让效率提高三至四倍，并且在不远处的本县港头公社，就有人使用过这样的机器。不过，由于使用它的主人业务不怎么好，多数时间只是让机器闲置在家里，都有些生锈了。

朱光然把人家的机器租了过来，弹棉花的效率还真的提高了好几倍。

10　因弹棉花赢得了姻缘

弹棉花让朱光然找到了生活出路，也积攒了一些钱，家里的生活有了一定保障。

弹棉花竟然还让朱光然赢得了姻缘。

离朱光然家五里多地的山上，有个小山村叫“叶山”，叶山村有个姑娘叫叶民花，她也是穷苦人家出身，兄弟姐妹五个，她排行老二。她常常背着弟弟上学，课余时间在家吃苦耐劳，家务、放牛、砍柴、种地，样样拿得起。

一次，叶民花到深山里放牛，有一头牛走散了，让她四处好找。平日里父母常告诉她深山里有野兽，野兽不但祸害牲畜，甚至还会威胁到人。

可叶民花人小胆大，她的心里只有牛，不管什么野兽。傍晚时分，她好不容易把牛找到了，牛的旁边竟然有几只狼，可她只当它们是野狗，顾自牵着牛就回家了。

事后，人家告诉她那八成是狼，她仍然没有后怕的样子，只是淡然一笑：“我干吗要管它狼还是狗呢？”

由于家庭困难，叶民花也常到山里去砍柴，还翻山越岭挑到温州郊区去卖，往返几十里山路，往往天未亮就启程，想着早卖了柴早点赶回家，还好去生产队挣半天的工分。那时每百斤柴火，能卖五角钱。

叶民花的外婆家与朱光然的家，在同一个村子里，朱光然与叶民花的姻缘就是她舅舅和舅妈牵的线。

虽住同一个村子，原本叶民花的舅舅和舅妈对朱光然了解并不多，家里请他弹过几次棉花，两口子对他的印象就一次好过一次。觉得朱光然这小伙子诚实、肯吃苦，又聪明好学，还有一门不错的弹棉花手艺，是一位值得托付终身的男人。

于是，就想到了自己的外甥女叶民花，有意从中撮合。

但叶民花却考虑到家中弟妹多，父母担子重，并不愿意过早出嫁，对于舅舅舅妈的相亲提议，反应极为冷淡。

叶民花的母亲对他的亲弟弟，也就是叶民花的亲舅舅潘竹飞从小就挺信任，见当舅舅的说不动他的外甥女，便在一旁帮腔道:“他是你的亲舅舅，绝对是不会害你的，他觉得这个人好，这个人肯定差不了！”。

经过几次三番劝说，叶民花才勉强同意与朱光然见个面。

选定了见面的时间与地点，叶民花的家人亲友都到了，等在那里。可朱光然这个男主角，却迟迟没有出现，急得潘竹飞如热锅上的蚂蚁，派人到处找他。

原来朱光然一忙，竟把相亲这样的大事给忘了，他正在一门心思修理弹棉花的机器。见潘竹飞派来找他的人一副着急样，他来不及换身衣服，穿着满是油污的破旧衣裤，灰头土脸地就匆忙跑去相亲了。

第一次见面，彼此间并没留下太好与太深的印象。

舅舅与舅妈却动足了脑筋，经多方努力，最终促成了这门亲事。

他们竟然拿出自己女儿定亲时，男方给的两斤红毛线，还另买了一斤糖果，帮朱光然与叶民花定下了亲事。

1973 年的一天，朱光然与叶民花喜结良缘。

叶民花嫁到朱家时，朱光然的父亲还在监狱服刑，朱家的生活还比较艰苦，婚后的第二天，她就去了山上砍柴。生第一个孩子的前一天，她还在菜地里干活。

她从小随母亲下地劳作，操持家务和干农活都是一把好手，嫁到朱家后，她没忘在娘家时的好传统，尊敬老人，相夫教子，节俭持家，成了典型的贤妻良母。

苦难的时候，她安贫乐道，发达了以后，她淡泊自守。

这个善良能干的女人，给朱家带来了希望，让家庭充满了温馨与幸福。

朱光然日后事业的成功，跟家里有着这么一位贤内助分不开，朱光然自己也说“军功章”应有妻子的一半。

说来也巧，朱光然哥哥与嫂子的姻缘，也是朱光然弹棉花时认识的朋友牵的线。

那朋友就是后来朱光然嫂子的姐夫，他与朱光然是同行，也是弹棉花的，一次到朱光然家玩，发现岁数不小的朱光然他哥还是单身，他便把自己的小姨子介绍给朱光荣认识，两人竟一见钟情。

哥嫂成亲时，朱光然把弹棉花积攒下来的钱，和几套新衣服全部送给了哥哥朱光荣。

11　与姐姐到乔司监狱探父

父亲朱瑞卿被判刑二十年，起初关押在衢州常山的一个监狱里，服刑期间干的是体力活，附近正在修建铁路，每天都要到采石场敲打碎石。

父亲是个文化人，不大适合做这种体力活。一次，敲打碎石的劳动过程中，一块碎石飞砸到他的眼睛上，也许是伤到了眼球，造成血流不止。由于没有得到及时治疗，留下后遗症，致使一只眼睛看东西视线模糊。

几年后，铁路修成，父亲朱瑞卿被转到杭州临平的乔司监狱继续服刑。

到了乔司监狱，领导体谅他年事已高，视力又不好，根据他的特点，分配他从事一些比较轻松的工作，每天协助监管人员做些记账、统计之类的事情。

工作相对轻松下来，朱瑞卿思念家人的时候反而更多了：一别十几年，家中老的老小的小，生活本来就很艰难，又受到了自己的连累，雪上加霜，家里的老人及妻儿是否都好？生活得怎样？孩子多高多大了？妻子一个弱女子，遭受到如此大的打击，是否还能挑得起家庭的重担？

种种的顾虑与牵挂，时常萦绕在他的心中。

父亲狱中服刑期间，全家老小无时无刻不在牵挂思念着他，因为路途遥远，加之家庭经济极度困难，探视狱中父亲的事一拖再拖，一直没成行。

到了父亲入狱十多年后的 1972 年，朱光然已经长大成人，有能力接过母亲肩上的重担，让一家人的生活实现基本保障。

家庭经济条件的有所好转，朱光然急切希望带着全家人多年来的心愿，去杭州临平探望狱中的父亲。

母亲让朱光媚陪着朱光然，姐弟两人代表一家人，一起去看望阔别多年的父亲。

为了节省坐车的钱，朱光然找到好友孙伯春，问他是否能找到去杭州的便车？

孙伯春在县林化厂工作，林化厂配有两辆拉矿石的大卡车。孙伯春热心地帮朱光然姐弟俩，联系到开大卡车的司机，请司机捎他们去杭州。

那是冬日里的一天清早，大卡车的驾驶室已经没有空位，朱光然和姐姐朱光媚只能坐在载货的车斗里去杭州。

公路崎岖多弯道，砂石的路面，车子颠簸摇晃，尘土飞扬。冬天的寒风，从耳边呼啸而过，刮得人睁不开眼。

朱光然身子有些虚弱，一路上头疼得厉害，一直把脑袋靠在姐姐朱光媚肩膀上，闭目养神。

十几个小时的路程，饿了只能吃一点从家里带来的干粮，渴了只有等司机停车加油、加水的时候，才能就近喝口水解解渴。

到了杭州下车后，姐弟俩全身上下满是灰尘，差不多成了泥人。

杭州离临平，还有几十里地，姐弟俩边走边问，又徒步奔波了一整天，方才赶到父亲服刑的乔司监狱所在地临平。

次日早晨，找到了乔司监狱，监区院子里早就挤满了像他们一样来探监的人。

父亲朱瑞卿在监狱颇受人尊重，又一直没有来过探视他的人，姐弟俩就获得了照顾，省去了排队的麻烦，狱警直接将他们带到一个小房间里，与他们阔别多年的父亲见面。

看到等待在那里的老父亲，两鬓斑白，面容憔悴，姐弟俩急忙冲上去，紧抱不放，连哭带喊地叫着“爸”！

彼此感慨万千，可千言万语都梗在嗓子眼里，只有两行辛酸泪无法抑制，夺眶而出，继而三人紧紧地抱在一起，号啕大哭。

一别十几年，饱受磨难的父亲明显有了老态，但看得出他的精神并没有因此被摧垮。

见到当年自己下放之时，还在地上玩耍的孩儿，眼下都长成了大人，父亲感觉到日子终有熬出头的一天，反而劝慰姐弟俩，一定要好好等着他出狱回家。

终于见到日思夜盼的父亲，姐弟俩把家中的情况详尽地告诉父亲：几个兄弟姐妹都已长大，家境有了一定好转，母亲身体也很硬朗，所有家人只期盼着他早日回家……

得知爷爷已经去世，父亲一言不发，长时间地抽噎——他这一生再也见不到他的老父亲了，到哪才能跟他父亲说说自己这些年所受的委屈与折磨呢？竟然连最后见上一面的机会都不能有了！

探视时限很快就到，朱光然拿出母亲捎给父亲的一包药粉和一包糖果。药粉是母亲用大麦配中草药调制，让父亲治疗脚病用的。糖果则是父亲的喜好，他写信让家里带一些他喜欢的糖果，还说要与狱友们分享。

彼此在狱警的催促下，依依不舍地分了手，父亲慢慢地消失在姐弟俩的视线中……

12 父亲提前两年获释

1977 年 5 月的一天，父亲被提前释放，走出铁窗，获得自由。

父亲没有事先给家里写信，将他提前获释的消息告诉家人。

那天，家人们都在老屋的天井里闲聊天，一个邋遢老头，冷不丁推门进来，一家人都没认出他来。他老态龙钟，全身上下黑不溜秋，唯有光脑袋显得特别亮。挑着一头棉被，一头木箱子。

看家人们都没反应过来，父亲说着“我回来了”，自我解嘲地笑了，然后他一一叫出了在场各人的名字。

家人们又惊又喜，个个瘪嘴抹起眼泪。

1979 年，全国范围内都在拨乱反正，曾经与父亲同案被打成“反革命”的朱某某得到了平反，重新回到工作岗位。他把自己获得平反的消息，首先告诉了朱家。

他说：“我这个‘海匪’的大队长的帽子都摘了，你朱瑞卿这个‘海匪’中队长的帽子还不该摘吗？”

在朱光然不断奔波和努力下，父亲的“通匪”冤案终于得以平反。紧接着，他的“逼死人命”案也得到昭雪。

根据青田县人民检察院和丽水地区中级人民法院审理查明：原认定朱瑞卿“反革命”一案主要材料失实；“逼死人命”一案，经过重审认定：朱瑞卿在工作中有过错，未构成犯罪。

1982 年 11 月 13 日，青田县人民检察院发文撤销对朱瑞卿免于刑事起诉决定。

丽水地区中级人民法院发文撤销“青法院（60）刑事205号”判决，和原温州地区中级人民法院“（60）刑上字第10号”判决（青田县曾隶属温州地区），宣告朱瑞卿无罪。

原青田县人民政府对其做出的撤职文件被撤销。同时，组织发文恢复了朱瑞卿的公职。

二十年的冤情，父亲没有向政府提出其他要求，他只是不甘心虚度光阴，想去原单位上班，继续为政府发挥余热，但组织考虑到原单位编制已满，父亲又年事已高，只能让五十九岁的他，按退休待遇，提前回家养老。

回想起父亲近二十年含冤受屈的生活，朱光然的眼里仍然闪烁着泪花。

“父亲的悲惨遭遇，不仅仅是他个人的不幸，也是当时整个社会的悲剧！”擦去眼泪之后的朱光然，还是比较坦然与豁达，他说，“时代在发展，社会在进步，我坚信父亲那代人的悲剧，再也不会在咱们中国重演了！”

遭遇挫折时的坚强，面对重大冤屈时的冷静与坦然，对组织和人民的忠诚与友善！这些人生涵养和处世态度，反而成为朱光然从父亲身上继承下来的，难能可贵的品格和精神财富，使朱光然在日后的人生道路和创业征程中，历经磨难而坚韧不拔，勇闯难关，不断进发，取得非凡的成就。

13　与姑父郭守林一起闯关东

弹棉花虽然能赚钱，让朱光然找到一条不错的生活出路，还赢得了姻缘，但他的内心并没有因此而满足。

从小历经生活磨炼的朱光然，总是在不停地寻找机会，希望能到外面去闯荡世界，做更大的生意，赚更多的钱，好让家人过上更好的生活。

妻子叶民花的娘家叶山村，在1974年办了一个村办企业——叶山村五金农机厂，主要生产标准紧固件和弹簧片。工厂一直苦于无力推销产品，接不到订单，处在半倒闭状态。

工厂负责人是叶民花的堂兄，堂兄知道朱光然的姑父一直在走南闯北，有做买卖的经验，便委托他顺带帮助推销厂里的产品。

那几年，青田许多地方都在搞村办企业（也叫社队企业），朱光然所在的油竹村也办起了折扇厂，朱光然还曾经借钱到瑞安购买了一台脚踏冲床，为折扇厂生产配件，赚了一些钱，尝到一些甜头。

那时节，社会上就两个行业最吃香，一个是握方向盘的，另一个就是当推销员的。

听说叶山农机厂要找人推销产品，朱光然怦然心动，坐不住了。他那个会补碗补鞋子的姑父郭守林，正准备去东北为瑞安的一家骨灰盒厂推销产品，朱光然便恳求姑父带他同行，让他跟着去外面长长见识，碰碰运气。

朱光然是揣着叶山村五金农机厂与他签的《委托销售协议》，向厂里预借了三百元的路费上路，为叶山农机厂推销五金产品的。根据协议，推销产品的佣金，是销售额百分之五的提成。

朱光然跟着姑父郭守林从青田坐船到了温州，然后姑父去瑞安的骨灰盒厂家办事，朱光然则住在温州轮渡旁的一个小旅馆里，等待姑父办完事情回来。

原以为姑父一两天就能办好事情，回旅馆找他，谁知一等就是七天！

心急火燎的朱光然根据姑父给他留的联系电话，到邮电局打电话给瑞安的那个厂，找到姑父询问情况，姑父却跟他说出了点状况，一时半会回不来了，让他要么继续在小旅馆里再等他几天，要么先回青田家里。

朱光然仿佛吃了当头一闷棍，蒙了。他既不甘心半途而废回青田——哪有出门没办成事就回家的？临出门前他是向农机厂的负责人，也就是妻子叶民花的堂兄，信心满满地作过承诺的，就这样回去如何跟厂里交代？

朱光然是个爱面子的人，他做事不会轻易退缩，更不会轻易回头！

同时，他也不愿意就这样继续在小旅馆里干等下去，他是借了厂里的钱出来的，住在旅馆里干等待，口袋里的钱只进不出，他心疼。他想先行一步去上海看看，朱家在上海还有一位远房亲戚。

朱光然再次拨通瑞安那厂家的电话，给姑父留话，告诉姑父让他继续办他的事，自己去上海等他，跟他在上海会合。

朱光然一人去了温州轮船码头，花两块钱买了张最便宜的底层大舱票。当时上海已是人们心目中的花花世界，相当繁华，但从温州到上海交通还是极为不便，最便捷与实惠的交通方式就是海轮。坐海轮整个航程需要一天一夜时间，三四天才开一趟。船票是分等级的，一、二、三等票，对应的票价分别是八块、六块和四块钱，朱光然打听了一番，连个三等票也没舍得买。

上船以后，每位旅客只发到一张七十公分宽的龙须席，让人铺在舱板上休息。大舱设在底层，身边还有运载的货物，甚至牲口，难闻的气味使人反胃。

在船上，连喝口开水都得花钱，朱光然是基本上靠忍饥挨渴度过整个航程的。

这是他第一次出远门，上海这个灯红酒绿的大都市，把朱光然看得头昏脑涨，辨不清方向。他跟着人流，揣着出门时去县乡镇企业管理局开具的介绍信，找到福州路一处叫“住宿介绍所”的地方排队登记，办理住宿手续。

住宿介绍所闹哄哄的，有点像集市，里面挤满了人，据说上海所有旅店每天的空床位都会汇总到这里，由这里派单安排到上海出差的各类人员住宿。介绍所里设有许多个办事窗口，是分别针对不同的出差人群的，有专门针对军人与记者的，也有专为高级别干部开设的。朱光然看到同样是拿介绍信来登记的人，这介绍信也还是有等级区分的：“省介绍信”、“市介绍信”、“机关介绍信”、“企业介绍信”……

朱光然开的乡镇企业局的介绍信，显然是低级别的了，他自觉地到了靠角落的，排队人员又是最繁杂的一个窗口排上了队。

为了省钱，他主动向办事窗口里的工作人员提出，愿意到最简陋的澡堂去住宿。

澡堂得等到晚上九点营业结束后，方才让人进去睡觉，早上九点钟营业开始前，就要被赶出来。澡堂还是个肥皂味、汗臭味与各种异味混杂的地方，但几天下来，与里头的工作人员混得熟了，可以享受免费的热水澡，朱光然感到挺满足。

朱光然有个姨妈在上海，家住浦西十六铺码头边上，他投宿的那家澡堂在浦东，浦东至浦西途中还得上渡船，横渡黄浦江。在上海那几天，他每天早上从浦东的澡堂里出来，晚上回到浦东澡堂去过夜，每天两次坐渡船跨越黄浦江。其他时间全在姨妈家里，等着姑父到上海会合。

在上海焦急等待了八天，朱光然找到个电话亭，再次给姑父那边打电话，姑父还说事情没办好，让他再等等。

朱光然知道姑父此番的目的地是东北，便去新华书店里买了本《中国地图册》，翻到《中国政区图》那一页，专盯着图中的东北三省出神。

他发现吉林省的四平市，正处于“东三省”的中心地带，四通八达，到三个省的任何一个地方，似乎都很方便，于是就把那里暂定为他下一站的目的地。

有了明确的方向与目标，朱光然又给仍在瑞安那边的姑父打电话，告诉他说：“我一人先去吉林省四平市了，你哪天到了那里，看看火车站留言板上的留言，就可以找到我。”

朱光然是第一次坐火车。在上海火车站，他买不到直接去吉林省四平市的火车票，只是弄到一张去辽宁锦州的二手票，再在车上延补到吉林四平。

那个时候，知识青年还在上山下乡，有大批上海知青要奔赴北大荒去接受贫下中农再教育。朱光然乘坐的是开往哈尔滨的绿皮火车，上海站上车的知青很多，他们拎着大包小包，与送行的人群，汇成了人的海洋。

朱光然是被人流推揉着挤上车子的。

有人在火车启动后，仍有半个身子挂在车门外。车子“哐当哐当”行了好一段路，还有送行的人们一路小跑相随，向车上的亲人挥手……

朱光然的票是站票，站票是没有固定的地方让你站的，能站哪儿是哪儿。车上满满的全是人——包括过道，座位底下要不是塞满了行李，就满是人——几十个小时的车程，有人累得实在不行，找到一点空隙就钻进去了。

朱光然被挤在两节车厢连接处的过道里，没办法转身或挪动一下身子，甚至连两只脚都无法同时着地，只能交互休息，一只脚酸了麻了，坚持不住了，就换另一只脚。

饥渴难忍，但他一路上没有买吃的和喝的，伸手掏个钱也不容易，一面他也担心，一掏钱就会暴露自己的钱袋子，不安全。

甚至连水也不能轻易喝，倒一杯水也不容易，喝多了水上厕所更不容易。到厕所的路没那么容易过去，过去了，回到原来的位置更难——等你小便回来，原来落脚的地方，早就让人家占了。

另外，还有人甚至利用厕所休息逃票呢！即便进得了厕所，也很难小得了便。

好不容易熬到了四平站，下了车，急着去住宿介绍所排队登记。

朱光然被安排在离火车站不远处的一个车马驿站。

车马驿站的设施非常简陋，一排低矮的房子全是火炕统铺，每人发一条褥子和一条被子，找个位置各自睡自己的觉。

三四月份的日子，白天尚且没什么，夜晚的气温还在零下七八度。从没出过远门的朱光然，哪里知道南北温差会如此之大呀？他并没有考虑多带点衣服，用作早晚御寒。由于寒冷，他的身子缩成一团，人虽然非常累，躺在车马驿站的大统铺上，还是辗转反侧，难以入眠。

稍事休息，缓了一会神，想起给姑父留言的事，他便连忙起身返回火车站出站口，把自己已经到达四平市的情况，写到火车站的旅客留言板上。

到了东北之后，朱光然不再光住在旅馆里傻等姑父郭守林的到来，他一边等一边就把自己的生意做开了。

他这次出来，除了带着叶山村五金农机厂生产的标准紧固件和弹簧片的样品，还带着自己油竹村村办企业生产的折叠扇产品，推销叶山五金农机厂产品的同时，还要顺带推销油竹村的折叠扇。

为自己村里推销折叠扇，他同样能拿到百分之五的佣金。

朱光然以所住的车马驿站为据点，带着折叠扇和标准紧固件的样品，早出晚归，跑商店，找工厂，推销的半径不断扩大……

姑父郭守林是在朱光然到达四平后的第十五天赶到的，此时朱光然所卖的折叠扇的销售额，已经达到三千多元，按照事前约定的百分之五的佣金，他已经赚了一百五十多元，差不多把这趟出差的开支费用全赚了回来。

彼此会合后，见朱光然初战告捷，有了不错的收获，姑父安排生活时也就不再节省，他专挑好的菜点，还经常用大碗喝酒，啤酒一喝就是好几碗。

对于姑父大手大脚的行为，朱光然内心很是不爽，他是从小吃苦过来的，曾经恨不得能将一分钱掰成两分使！

“一粥一饭，当思来处不易；半丝半缕，恒念物力维艰”

这是朱家世代相传的家训。

从小外婆常跟他讲起的那个，曾外祖父只带着一个咸鸭蛋去省城赶考的故事，仿佛刻在了朱光然的心里头，让他永远无法忘怀。

外婆告诉朱光然，曾外祖父中过举人，是个很有学识的人，他赶考三次，中了三次。

可第一次、第二次，曾外祖父都是替别人代考的，目的是为获得一点钱财。第一次带钱回来，曾外祖父买了一些田地，第二次携钱回家，他替家人盖了一处新房。

曾外祖父只把第三次中举的机会，留给了他自己——那时已是清朝末年，到了中国科举考试末班车的时候。

曾外祖父从小刻苦努力，又非常节俭，每次长途跋涉去赶考，所带的行囊特别简单，一把油纸伞、一个搭肩包袱和一双布鞋、一双草鞋，外加一个看上去算是比较奢侈的咸鸭蛋。可煮熟了的咸鸭蛋，只是开一个小小的口子，刚够一支筷子伸进取出。

每餐用完饭，曾外祖父就往咸鸭蛋里头塞盐巴——其实，他只是餐餐蘸着盐巴下饭。待到每次赶考结束返回家里，一个咸鸭蛋仍会留下大半个。

朱光然之前没喝过啤酒，啤酒在他心里还是奢侈品。但姑父喝啤酒与点好菜的费用，都是两个人平均分摊——这点朱光然没办法改变，他只能自己也跟着喝酒，从中寻求一点心理上的平衡，要是不喝点回来，那他可就亏大了。

14　天上也有掉馅饼的时候

朱光然与姑父郭守林两人，沿着铁路线，采取节节推进的办法，一个城市又一个城市地朝着哈尔滨方向前去。

有时需要到火车站附近的小旅馆投宿过夜，有时正赶上夜车，就在火车上睡个囫囵觉，连旅馆费也省了。

姑父推销的是骨灰盒，骨灰盒体积大、分量重，加上他年纪也大了，一路上带着大包小包，行进就有些困难。两人走在一起，朱光然仿佛徒弟跟着师傅，充当着“沙和尚”的角色，除了自己原本肩背手拎的行李，姑父的东西自然还得分出大半往他的身上压。他用一条旧手帕将两只装满样品的手提包连在一起，挂在右肩上，一只压在前胸，一只垂在后背。两只手上还提着塞得鼓鼓囊囊的拉链包。头发让风吹得凌乱不堪，两片前襟一高一低，整个人有点像落魄的逃荒者。

一个星期后，俩人到了哈尔滨。

一个星期来的推销工作，收效甚微。

姑父推销的骨灰盒属于消费产品，需要跑民政部门或直接去殡仪馆。而朱光然推销的标准紧固件是工业品，推销对象却在工厂。

两种产品，两种路径。

朱光然觉得这样下去终究不是个办法，于是就用商量口吻跟姑父说：“咱们俩推销的是不同类型的产品，是否需要走不同的路径，各找各的市场？”

姑父郭守林听到朱光然的话，内心有些窝火，但又觉得朱光然说的也不无道理，就让朱光然拿出《中国地图册》，面对图上标注的两条线路：汽车线和火车线。经过一番精心的分析、比较与研究，两人把下一站碰头的地点圈定在齐齐哈尔。

并且约定谁先到，谁就在车站——火车站或汽车站的小黑板上留消息。

采取的仍然是节节推进的方法。

姑父选择的是火车线，一来坐火车比坐汽车舒适，其次他的推销对象都是在较大的城市里。

朱光然选择了汽车线，坐汽车站点多，上下车比较方便自由，他想多跑一些点，希望深入到一些较小的企业试试。

从哈尔滨到齐齐哈尔公路沿线，所有在《地图册》上有标出的县一级的小城市，都是朱光然考虑的目标。

每到一个县城，下了车，朱光然急忙将行李寄存好，然后找到当地的电话本子，进行仔细查阅，把大大小小各种机械厂的地址，抄录到自己随身携带的小通讯录本子上，带着样品，一家接一家，逐个工厂去推销。

有时一天可以跑两个县城，有时又因为太晚，赶不上去下一站的车，只能在汽车站旁的马车店投宿。

顶着呼啸的寒风，忍饥耐寒，能去的厂家全去过了，能进的办公室的门全进过了，带着一身的疲惫，返回到汽车站，重新计划着赶往下一个县城。

不知多少次将自己的热脸贴向人家的冷屁股？也记不清到底吃过多少回闭门羹？

终究还是功夫不负有心人，在朱光然即将做好打算，要带着极度的失望，去齐齐哈尔与姑父会合的时候，甘南县柴油机厂给他带来了转机与意外的惊喜！

该柴油机厂属于集体企业，在计划经济体制下，由于所处偏远，所需的紧固件标准配件老是供应不上。

朱光然带着样品，风尘仆仆地来到该厂，像往常一样小心翼翼敲开供销科负责人办公室的门，然后为讨好人家，主动拿起门后的扫把帮人家扫地，扫好了地，又是抹桌子又是打开水，实在找不到别的活可干了，才毕恭毕敬地站在那里推销着自己的产品。

因为曾经碰壁的次数太多，他甚至不敢正视那负责人有些紧锁眉头的脸——岂料他并不是讨厌朱光然的到来而锁紧眉头，而是正在为厂里采购不到一种产品配件而发愁——他苦于无处采购的配件，正是朱光然极力要向他推销的标准紧固件产品——而且是大量的！

“踏破铁鞋无觅处，得来全不费工夫”！

还没等朱光然把自己的产品介绍完，供销科负责人“乌拉”一声，高呼万岁了。

紧接着，双方一拍即合。

朱光然连做梦都没想到，甘南县柴油机厂竟然一次性与他签下了十一万多元的产品合同大单，把一整年的计划订单全给了他！

当时我国国民人均年收入仅仅一百五十元，朱光然曾为之苦苦奋斗的“正劳力工分”（每天十个工分），到了年终在村里分红才值两角七分钱。而按照约定百分之五的销售提成，十一万多元销售合同的佣金，就是五千五百多元，相当于朱光然在生产队里干满两万多天！就算一年三百六十五天，天天出工，也得干五十五年！

签下如此巨大的大单合同，朱光然兴奋得一夜未眠。

揣着合同，迫不及待赶往齐齐哈尔，下了车，直接跑去火车站阅读留言板，一看姑父郭守林已早他两天到达齐齐哈尔。

顺着姑父留的旅馆地址，在沿途熟食店称了半斤驴肉和一包驴杂碎，再买了两瓶哈尔滨啤酒，找到姑父，朱光然兴冲冲把签到了大单的事告诉他，并问他什么时候能回青田？

走南闯北多年，见多识广的姑父郭守林，并不相信朱光然真的能签到如此大的订单，觉得朱光然肯定是受骗了，不无讥讽地说，难道天上还真有“掉馅饼”的事，而且这馅饼还这么大，把你的脑袋都砸晕了！

朱光然耐心地将签约的整个过程，从头到尾细说了一遍，还兴致勃勃地进行了一番前因后果分析，姑父似乎还是半信半疑，他说莫非朱光然是真的遇见财神菩萨了！

姑父的骨灰盒推销任务尚未完成，需再等些日子。

为不延误产品交付时间，朱光然只得独自一人先回青田，好让工厂抓紧安排生产。

朱光然回到青田，拿着《合同》急着去叶山村找堂兄，告诉他签到了十一万多元的大订单。

堂兄自然也是不相信天上会掉馅饼，而且这么大的一个大馅饼会砸到他们的头上！认为朱光然肯定是因为年轻没经验，上了人家的当了。

无论朱光然怎样解释，堂兄就是固执不信。朱光然急得直跺脚，气得几乎要哭：白纸黑字的专用《合同》，面对面签下的，猩红色的“合同专用章”，明明白白地盖在那里——

如果不能在规定时间内完成任务，可怎么向人家柴油机厂交代啊！

经朱光然一再解释说明，堂兄的态度似乎有所转变，他的话退了一步说，即便订单没有瑕疵，这么大的一个大订单，村里也拿不出这么多的钱购买原材料呀。

最后，堂兄竟然说：“不如把合同卖了吧，卖给其他工厂，谁有钱谁买去生产！按照百分之十的利润计提，也可卖个一万一千多元，也是一笔不小的收入呀！”

这么大的一个合同订单，把当时的整个青田县都轰动了，朱光然既不舍得卖，一般的工厂也买不起，他只好又回头劝说堂兄：“咱们是不是可以分批生产，分批供货呢？”

堂兄又说：“咱们这么个穷小山村，底子你应该想象得到，即便分批来做，厂里也还是难以筹得购买材料的钱啊！”

在万般无奈之下，朱光然只能和堂兄共同商量，采用投机取巧的办法，解决了生产资金困难。

合同书上有这么一条说明："凭托寄发票付款"。叶山村五金农机厂在这里钻了个空子，打通了邮局关系，先根据生产计划到邮局把托寄发票开出来——发票上表明装箱重量、装箱数量、产品件数等等，寄给对方索要货款。

拿到货款后，再抓紧去进购原材料，没白天没黑夜地加班加点赶工生产，并且抢在第一时间向甘南县柴油机厂发货。

如此往复，按期履行了全部合同任务。

小小的叶山村五金农机厂，不但让朱光然掘到了人生第一桶金，也为他日后的遨游商海、闯荡世界增添了信心和勇气！

15 东躲西藏过了三年地下生活

1975年，朱光然将五金农机厂的产品，推销到了黑龙江的鹤岗煤矿。

推销标准紧固件只是个探路之举，矿务局对于紧固件的需求量并不是很大，但是其辖下的煤矿工人数以万计，工人下井作业每人的头上都得戴着矿灯，朱光然想，要是能拿到矿灯上零配件的业务，肯定是一笔大单。

利用销售紧固件业务时建立起来的关系，朱光然向矿务局相关领导委婉地表达了自己的意愿，问能不能把矿灯配件业务分一部分给他们的企业来生产?

因为有以往的业务往来，相互有了充分的理解与信任，矿务局很快就满足了朱光然的愿望，分给了他一笔业务，让他带着矿灯配件的样品，回厂生产。

根据带回来的样品，进行攻关研究，叶山村五金农机厂自己能做的，就自己组织生产。自己厂子实在做不了的，就到乐清相关工厂去配货，然后按时给鹤岗矿务局发货。

令朱光然不曾想到的是，矿务局的矿灯配件业务，他一做就是十年，从不曾间断。待到他本人出了国，还转由他的姐夫、妹夫一直做了许多年。

因双方合作一直来比较愉快，矿务局还将煤矿里的其他一些订单主动交给朱光然生产。

朱光然的业务越做越大，市场开拓越来越广。

叶山村五金农机厂的产品销量不断扩大，一个濒临倒闭的小厂，到后来成了整个青田县首屈一指的有盈利的村办明星企业。

工厂赚了钱，员工年底有了分红。村里的工作开支有保障，建设有资助，还建立起了福利制度，全村小孩上学免费，六十岁以上老人过年人人能领红包。

朱光然也跟着成了青田县几乎家喻户晓的名人！

然而，福兮祸之所伏，祸兮福之所倚。风头，霉头，从来都是互为邻，相伴而生。

正当朱光然准备大干一场的时候，温州爆出了闻名全国的“八大王事件”。

青田距离温州也就几十公里，受“八大王事件”的影响，朱光然被相关部门列入“投机倒把”重点嫌疑，曾经一度有家不能回。与朱光然同时期出去跑业务的朋友，因涉嫌“投机倒把”，被判了刑的也不是一人两人。

朱光然是靠跑业务起家的，让他丢下业务不跑，他做不到。在本地本省，他连脸都不敢露，出了浙江，他的业务还是照跑不误。

他仍然坐绿皮火车，仍然住马车驿站。

东北的马车驿站是专门为马车夫准备的，店里一边拴马，一边睡人，所有的人都睡在一个大炕上。大统铺睡的人多，脏乱不堪，被子常年不洗，夹缝中生满虱子。刚入睡时，由于人实在太累，倒也觉不到什么，一觉醒来就会觉得奇痒难熬，想再睡去就难了。

东北的冬天，零下几十度，汽车里没有暖气，在车站等车，人冻得缩成一团，牙齿咯咯打架。常常依靠不停地在地上跺脚来取暖。

在一些火车站等火车的时候，由于候车室地方小没办法整队，上车之前只好把所有乘客赶到冰天雪地的广场上排队。

有时一排就是数十分钟，甚至整个小时，外面还在飘着雪花，队伍中的人们穿着皮大衣，戴着厚棉帽，罩着口罩，呼出的热气没多久就成了冰。

整个人只看到两只眼睛在动，其他地方净是白花花静态的一片。

此时的朱光然穿着仍然单薄——即使有钱，他也舍不得去买在一年之中穿不上几次的厚棉服，他仿佛掉进了冰窟隆里，只有通过努力蹦跳来获取丁点暖意。

在东北那边，朱光然的订单一直不断，有了订单，就借助“绿衣信使”直接往厂里寄——叶山五金农机厂的生产一直忙碌着。

在外时间久了，自然就会想家，但一旦回到浙江，回到青田，他就只能东躲西藏，比“地下工作者”还要隐蔽，从来不敢公开回家看一看老婆和孩子。

有一次，朱光然悄悄潜回到叶山村的丈母娘家，与妻子叶民花私下见面。也许是村里有人告了密，几名“专案组”的同志，就连夜上山来准备逮他，多亏他反应机敏，才得以逃脱，躲过一劫。

这种东躲西藏的生活，差不多过了三年。

有一次，朱光然躲在温州的一个小旅馆里，远远地看到了他小学时的一位老师，拔腿就跑——该老师已成为调查“投机倒把”“专案组”的一名成员。

老师叫住了他，让他不要跑，并告诉他，他的案子已经结了，从今往后再也没人找他的麻烦，他也没必要继续逃跑，东躲西藏的了。

朱光然知道老师不会骗他，可他还是不敢轻易回家。

为谨慎起见，在一个月白风清的夜晚，他再一次潜回到叶山村的丈母娘家探望风声。

丈母娘告诉他，有社队企业局（实为县乡镇企业局）的同志，到处在找他。

19 世纪 80 年代初，各地经济体制改革正在如火如荼展开，青田县乡镇企业管理局决定：办一家直属的生产型企业——青田县工矿机械厂。

在无资金、无设备、无厂房的“三无”情况下，工厂该怎么办，企业将如何起步？

县企业局有位领导，曾经被叶山村五金农机厂的成功经验所吸引，三番五次慕名前去考察，并渐生并购欲望，希望把这家小小的村办工厂搬出去，落户县城，作为新办的青田县工矿机械厂的基础。而作为叶山五金农机厂厂长的堂兄，一口回绝了乡镇企业管理局的要求——他比较恋位，担心自己的工厂被并购了，自己就不再是厂长或主要负责人了。

其实企业局领导心里非常清楚，小小的叶山村五金农机厂，地处偏远，交通极其不便，也没有资源等其他方面的优势，靠的就是朱光然超强的产品销售能力，只要能挖到朱光然，青田县工矿机械厂就不愁办不起来——可找到朱光然并不是件容易的事。

找他的人不再是"专案组"，而是乡镇企业局的领导，朱光然便感觉到也许真的来了转机，形势变了。他连忙去找堂兄，问问他到底是谁要找他，找他啥事？

堂兄告诉朱光然，是乡镇企业局的领导想要把叶山村五金农机厂"收走"，他不肯让，就转而找朱光然了。

朱光然一听，说："这是好事啊，叶山这样的地方也确实不是办厂的地方！"

看堂兄一脸疑惑，朱光然又补充道："不过工厂搬出去，要把我们的工人也收过去，厂长还得由你来当。"

不几天，乡镇企业局派人把朱光然请到局里，局领导推心置腹地跟他谈了话，让他体会到眼前的形势是真的不一样了，人家是真心实意要请他出山，帮助政府办企业。

16　获得重用英雄有了用武之地

朱光然虽然还是心存疑虑，担心将来的形势有变数，但他还是答应了县乡镇企业管理局的邀请，愿意出山，担任青田县工矿机械厂的筹建工作。

前些年朱光然为叶山村五金农机厂跑业务，是赚了不少的钱，家里的经济条件有了明显的改善，连新房子都盖了，但他的愿望并不会就此得到满足。父亲二十年冤狱，让他及家人收到太多鄙夷的眼光，遭受到了太多的冷眼——他们需要赢回更多的尊重！

因此，“青田县工矿机械厂”这邀请向他飞来的时候，他二话没说就伸手接了。

叶山村五金农机厂与青田县工矿机械厂，那是不可同日而语的两个单位，前者是村办企业，后者却是县乡镇企业局主抓直管的“县办”企业。帮助叶山村五金农机厂推销产品，充其量只是为村里做事，到了青田县工矿机械厂，那就可是为县里做事了——当年朱家在村里特别受人尊重，不就因为有父亲在县里为政府做事吗？

受了二十年的冤屈，到了五十九岁的高龄才从狱中出来的父亲，都还盼着能回原单位重新替政府做事呢！

朱光然想，到了县乡镇企业局下属的青田县工矿机械厂，他就是姓“公”的了，别说用不着东躲西藏，还可以挺直了腰板做人，人前人后都会受他人尊重。同时，平台也会更大，自身的才华也就可以得到更多更大的发挥……

当企业局领导问他有什么要求时，朱光然只简单地提了两条：一是把叶山五金农机厂合并过来，解决原厂所有人员的就业问题；二是让曾经担任过公安局出入境管理科科长的周大来来担任厂长，他协助周大来，具体负责销售工作。

朱光然看中的，主要是周大来良好的社会关系。在著名的侨乡青田县，县公安局出入境管理科可是个非常重要的部门，青田境内所有人员出入国门，都得经过这一关。周大来曾经长期在这个部门工作，还担任过科长，联系广泛，朋友多，当了厂长后协调有关部门单位，就更有优势，更方便了。

企业局领导见朱光然没提半点私人方面的要求，便觉得没看错人，很快就答应了他的建议要求，把已经调离公安部门，在乡镇企业局上班的周大来，派过来与朱光然一起，共同负责“青田县工矿机械厂”的前期工作。

至于叶山五金农机厂的员工，却还是由于堂兄的反对，没有“被收编”。堂兄嘴上说的是担心自己的员工到了外面会吃亏，其实内心考虑的还是怕自己“丢官”，到了县工矿机械厂不再有领导给他当。

1980 年，青田县乡镇企业管理局主抓直管的第一家集体企业——青田县工矿机械厂，正式开始筹建。

办企业关键在市场。产品能不能打开销路，占领市场？关键看企业有没有销售人才。

朱光然既有非凡的销售能力，又有销售经验和市场基础，熟知工矿机械方面各类产品及设备的市场行情，很快为青田县工矿机械厂生产的产品打开了销售局面。

由周大来担任厂长，朱光然担任销售副厂长的青田县工矿机械厂，在无资金、无设备、无厂房的“三无”情况下，当年投入生产，当年实现盈利。

第二年产值利润双翻番。

到了第三年，工人就达到一百多人，添购了当时全县最先进的生产设备，成为全县最知名的机械企业。

事业的成功，不仅使朱光然的家庭经济条件得到持续改善，更重要的是让他进一步开阔了视野，历练了能力，也结交了更多的朋友。在业务交往中，他接触到了社会上形形色色的人物，在与人接触中，他总是与人为善，善于换位思考，多替他人着想，从而总能得到他人的尊重与赞赏，赢得更加多的朋友。

在为新产品开拓东北市场的时候，朱光然结识了推销同类产品的销售同行胡志洪。

胡志洪也在开拓东北市场，他学历高，业务能力相当强，但他的弱点是不会喝酒。东北人天性豪爽，酷爱喝酒，凡与胡志洪打过交道的人，都认为他为人不够爽快，比较虚假，因而不愿把订单给他。

朱光然为人处事的风格可大为不同，他是酒量不好，酒风好，喜欢陪对方喝酒聊天，并且常常喝到够醉，有几次甚至喝得不省人事，被人送到医院抢救。

都说“同行三分冤”。朱光然却不这么认为，他常为胡志洪牵线搭桥，推荐胡志洪给自己的老客户认识，并向对方表明自己愿意与胡志洪共享资源，共同发展，希望对方能为之分一些单子。

朱光然的大度和友情，令胡志洪甚为感动，从此俩人情如兄弟，他常与朱光然携手到全国各地跑业务，直到朱光然离开中国，移民海外。

时至今日，两位老朋友还常常寻找机会，聚首回忆昔日那段友谊和共同打拼的时光。

朱光然就是这样包容自己的竞争对手。

同村有位邻居也是县内一家工厂的销售业务员，他也去黑龙江的鹤岗矿务局推销产品。

一次，局里主管采购的领导出差了，一个下属临时替代他的工作。

邻居知道朱光然与该单位有业务往来，就说自己是朱光然派去的，看看局里最近有没有采购的计划？这位临时代管采购的人一是没有经验，二是收受了人家的一些好处，就把一笔订单与朱光然的邻居签了。

出差回来的领导，发现青田一个地方，竟然有两个公司与他们单位签下了同类产品的订单，感到蹊跷。搞清真相后就非常生气，非要废除这个在他出差期间，他人代他所签的订单。

朱光然知道情况后，连忙劝说矿务局分管领导，请他一定不要撤销订单，也不要给相关人员为难。他说要不然，他的邻居业务员一定会认为是他在背地里动了手脚，从而会与他闹矛盾，记恨于他。

之后，又由于邻居业务员所在工厂的供货出了质量问题，矿务局扣押了该厂的货款，久久未付。朱光然再次出面帮忙调停，才使问题妥善解决。

矿务局领导非常疑惑地对朱光然说："哪见过你这样的人呀，人家抢你的订单，挖你的墙脚，你非但没有记恨他，反而多次过来为他求情？"

经过这件事以后，矿务局的领导更加信任朱光然了。

在青田县工矿机械厂的这段经历，给朱光然提供了新的历练，为他日后的事业发展与个人大气格局的奠定，打下了重要的基础。

17　出国热点燃新的淘金梦

青田“九山半水半分田”，农耕时代，自然条件极其恶劣。穷则思变，勤劳勇敢的青田人与命运进行着不屈不挠的抗争。大山锁不住他们追求幸福的梦想，敢闯敢冒的青田人向往大山外面的精彩世界。

青田已有三百多年的华侨史，据史料记载：“在十七、十八世纪之交，就有少数青田人沿陆路经西伯利亚前往欧洲经商，以贩卖青田石制品为主。”

早期出去的青田华侨，出国之路和在外创业之路都十分艰辛，除了当劳工，就是卖石雕和从事餐馆业为主，也就是人们常说的，依靠“两把刀子”闯天下（指雕刻刀和菜刀）。

青田人早期出国主要是去欧洲诸国，有从东北边陲满洲里出境，经西伯利亚长途跋涉到莫斯科，然后转赴欧洲各国的——这是所谓的“走陆路”。

走陆路经西伯利亚，一路上环境恶劣，气候多变，人烟稀少，多有不测，是一条险象环生的生死之路。

也有选择“走水路”的。

走水路（苏伊士运河开通之前），则由温州到上海十六铺码头上船，经香港、新加坡，过马六甲海峡，绕道好望角（青田人称之为“大浪滩”），北上，穿直布罗陀海峡入地中海，抵达欧洲，耗时得三两个月。途中惊涛骇浪，也是险情相伴，时有葬身鱼腹之危机。

同样是走水路，又是有“藏舱”与“明走”之别的。

选择“藏舱”“暗走”，风险就更大。

上海十六铺码头旁边的客栈里，长年住着吃介绍费的中介人员，青田人要“搭船”出海，得先花点钱找到“中介”，然后通过中介人员与远洋轮船的水手长取得联系，假扮水手上船，暗藏在货仓、杂物间、锅炉房（扮演锅炉工，义务帮助人家烧锅炉）里，越洋出海。

到达目的地后，待夜深人静之时，再由水手长引领上岸，送到指定地点。

还有搭乘货轮的，把人作为物品藏入货柜，混在船上的货柜堆里，由于航程旷日持久，就得经受更多更艰苦的煎熬，有些人因缺粮、缺水、缺氧，到了终点码头已成僵尸，最终会被抛入大海喂鱼。

不少出国者，离家之后就下落不明，杳无音信，或许就因遭受此种不幸。

“明走”就不必东躲西藏，但得一切手续齐全。国外要有人替你担保，愿意邀请你出去，主动给你发出邀请书。国内得同意你出国，批给你护照。你打算前去的国家也是欢迎你去的，愿意办给你签证。

可是，在改革开放之前以及改革开放初期，我国都是严格控制公民出国的，所以当年审批护照就非常难，有人三番五次递申请材料，却一次次被退回来，甚至三五年跑下来，都批不到那么一个小本本。

一些出国心切的人们只能挑战风险，依靠多花钱另谋途径，搞“藏舱”“暗走”。

选择“暗走”不仅有风险，费用也特别大。许多的青田出国者，都是依靠变卖田产或民间借贷、亲友济助，筹得那笔高昂的出国费用。甚至有人为筹足给“蛇头”的中介费，破釜沉舟，把祖屋都变卖了。

早期出去的青田侨民，要么替人打工，要么做点小本生意，他们在侨居国社会地位不高，生活极其艰苦，往往十几个人共租一间简陋的旅店或者废弃的仓库栖身。屋内阴暗潮湿，吃住在一起，席地而卧，一个紧挨一个，拥挤不堪。有时还要腾出房间的一角，搭灶支锅烧饭。买些小杂鱼当菜，以致房中烟雾弥漫并充满腥气，非常呛人。

为了节俭，往往一个星期的饮食饭菜钱，还不如当地普通工人一天的伙食费开支。

朱光然出国是“明走”，与一般青田的留洋者相比，他可是幸运者中的幸运者，从收到海外的邀请函，到申请出国护照，获取葡萄牙国签证，所有手续办起来都出乎意料地顺利。

从老家青田到达葡萄牙首都里斯本，除了转了几次飞机，似乎也没费什么别的周折。尽管他想出国做出国梦不是一天两天，甚至不是一年两年。

改革开放之初，尤其是到了20世纪80年代之后，侨乡青田的出国热日渐升温，稍稍有点门路的，总要千方百计想着法子到国外创业赚外汇，出国成了一种潮流，一种时尚。

一个在海外打洋工，没什么文化的普通打工仔，一个月的收入，比一个在国内机关单位上班的大学毕业生的年薪都还要高。在那物资供应十分匮乏的年代，华侨及其侨眷们手中的外汇兑换券，还可以直接去国内的“友谊商店”，选购用人民币买不到的产品。

当时的“友谊商店”里售卖的，都是些从西方进口的紧俏物品，譬如香烟、酒水、布料、绒线、花生酱、巧克力等等，甚至连20世纪80、90年代，在我国广大城乡先后流行的结婚彩礼“三小件”（自行车、缝纫机、半导体收音机），“三大件”（洗衣机、电视机、电冰箱）什么的，这些稀罕物也能在这店里买到。

但是，手中没有外汇兑换券的人们，却只能在产品展示窗外欣赏，解解眼馋。

外汇券很吃香，怀里揣着外汇券的华侨自然更加吃香。

在海外办了居留证的青田华侨回乡娶媳妇，十里八乡的漂亮姑娘，都要把自己收拾打扮得花枝招展，尽最大努力吸引人的眼球，排着长队等着人挑选。

小伙子们只要有出国机会，国内最惬意的工作也舍得放弃。姑娘们只要能嫁华侨，出得了国，其他条件全可忽略。因为几年之后，海外一回来，小伙子就是一身西装革履的大牌老板，姑娘就是全身珠光宝气的阔太太。

朱光然想出国的念头由来已久，直接影响到他，让他起了出国之心的还是他的表舅公。

表舅公是外婆的表兄弟，出国前与朱光然同住一个村子。可他很有本事，年轻时就出国闯荡，年纪大了从荷兰退休后回国定居。

只身归国的表舅公，欲找个老伴共度余生。因是海外回来的归侨，一时间就成了抢手货，上门说亲做媒的，接二连三，简直踏破门槛。

经反复筛选，表舅公相中了一位前夫在温州的青田籍女子为妻。有了新伴侣的表舅公在温州城里买了房子，装修非常豪华，让当地的一些温州老板见了都眼红。表舅妈人很贤惠，自她嫁给表舅公后，她与前夫所生的儿子和女儿，也跟着改变了贫穷的命运。

朱光然到温州城里购物、办事，借宿在表舅公家里，常听他讲起国外活好找钱好赚，让他颇为动心！

当然，朱光然出国的动因，还是非常复杂的，难以用一两句话说得清楚。说起赚钱，他在国内跑业务，赚的钱也不少，家里的新房也建了，而且比村子里许多华侨家属的房子，还要气派。一般人出国需要东借钱，西筹款，朱光然出国却是带着自己积攒的现金出去，为直接开店投资用的。

说到社会地位，朱光然不再是一名村办企业的业余销售员，而成为了有着一百多位员工的青田县工矿机械厂分管销售的副厂长，收入不错，地位也不低。

然而，父亲蒙冤二十年，给整个家庭带来的苦难，以及他自己曾被作为“投机倒把”重大嫌疑，三年有家不能回，在外东躲西藏的生活，留在他心底的阴影始终难以消除！

经过反复的思想斗争，面对愈演愈烈的出国热，朱光然内心还是点燃起了新的淘金梦。

18 漂洋过海挥别故乡亲人

朱光然将葡萄牙作为自己出国的落脚地，是因为他有个好友叫林云康，林云康与朱光然年岁相仿，算得上发小，他的一举一动常常牵动着朱光然的心。

林云康有个舅公在葡萄牙创业，林云康本人是在 1982 年收到他舅公从葡萄牙发出的探亲邀请后办理出国的。两年后，他便在国外站稳了脚跟，工作与生活基本趋于稳定。于是就想到要将他的兄弟姐妹、亲朋好友也带到国外去赚钱。

好友当中，林云康首先想到了朱光然。朱光然是他最亲密的朋友，过去困难的时候，彼此能够相互信任，互帮互助，如今自己有了好的发展机会，理应与他分享，予以鼎力相助。

林云康说动了他的舅公，于 1984 年向青田的朱光然发出了探亲邀请。

收到发自葡萄牙的国际邮件，朱光然感到有几分意外，他没想到向他发出出国邀请的，竟然是好友林云康的舅公。

幸运之神来的似乎有些突然！但世事往往就这么怪，有时一个人的命运会在一夜间悄然发生改变。

当时出境管理特别严格，在国外的每一位有居留权的华侨，一年最多只能申请三个在国内的亲戚或朋友（以探亲或旅游的名义）出国。在国内，对于赴海外探亲或旅游的申请的审批，则更加严格，等待三五年之久，还申请不到出国护照的大有人在。所幸的是，朱光然比较幸运。审批护照的时候他得到了同事周大来的相助。

朱光然将审批到的护照，快寄给了远在葡萄牙的林云康的舅公，舅公又是非常顺利地把领事馆签证的章盖到了手，把护照寄回给了朱光然。

揣着盖有蓝色印章的护照，朱光然踏上了远赴海外淘金的航班。

当时中国飞往欧洲的航班，必须得经过香港转机，令朱光然感到奇怪的是，杭州至香港的机票，在国内很难买到，在国外反而容易买！身在海外的朋友，从国外替朱光然购买了机票，寄给了他。

这一天，朱光然等待和期盼了许久，到了真正离别亲人，离别那片生他养他的故土的那一刻，还是免不了有一种难以割舍的依恋。

当他背起简单的行囊，即将翻越石郭岭，到县城坐客车去杭州的时候，他眼里噙满着泪水，几乎是三步一回头，冲着那逐渐模糊的送行人群，一遍遍挥手致意。

朱光然算得上一个常年身经百战、东奔西走的人，但坐飞机还是头一回。

其实从杭州到葡萄牙里斯本，需要转两回机。从杭州到香港尚且没什么，不明白的地方他可以多问几句。

从香港经伦敦，转机去葡萄牙里斯本，对于朱光然就是一个不小的挑战。他可是小学文化，连国语都说得不够顺溜，至于外语，他是二十六个字母也念不全的。

一路上，朱光然内心非常忐忑，迈出了国门，他看到了外面的世界很精彩，也充分体会到了外面的世界很无奈。

离开香港启德机场，飞往英国伦敦，朱光然在飞机上看到自己的座位四周，全变成了黄发碧眼的“番人”，叽里呱啦的，只感觉到他们嘴唇在动，丝毫搞不清他们在说些什么。

多亏有经验的朋友给他提了醒，让他在临出门前请青田中学的英语老师，用硬纸片替他准备了张“Go to Lisbon”的牌子。在伦敦机场，朱光然就依靠这么一张小小的硬纸牌子，寻找到了去里斯本的登机口。

问路的时候，他指指纸牌子，比比画画，对方也就基本清楚他要问的问题了。

好在遇到的那些外国人，也都很友好，他们不厌其烦地为朱光然指引着转机、候机、登机的方向。

朱光然到了里斯本，前来机场接机的是表姐夫王仁龙。他直接将朱光然送到了一位在里斯本多年的堂祖父家里住下。

晚上，十多个青田老乡共同打地铺，在大客厅地板上睡觉。

次日清早一起床，林云康舅公就带着朱光然到一家名为“老邻居”的餐馆刷盘子。餐馆是一个中国老板开的，包吃住但没有工资。

很多华人来到海外干的第一份谋生工作大都如此，从早晨七点三十分，一直干到次日凌晨一点多。

19　里斯本只是一个中转站

里斯本是葡萄牙共和国的首都，也是葡萄牙最大的海港城市，位于欧洲大陆的最西端。

朱光然的海外淘金梦，即由此开始。

所有人的淘金之路，都并非一帆风顺。

朱光然来到里斯本，首先要解决的问题，就是能有一个栖身之所，他不能给朋友林云康和他的舅公添太多的麻烦。

在“老邻居”餐馆刷盘子，本可以包吃住，朱光然还是喜欢从餐馆拿点补贴，借住在堂祖父家的房子里。

堂祖父在民国时期就来到葡萄牙淘金，由于事业不怎么顺利，没赚到多少钱，甚感无脸见江东父老，就娶了一位葡萄牙女子成了家，在海外长住了下来。

堂祖父只生育有一个女儿，女婿也是葡萄牙人。但是，堂祖父对祖国对故乡的感情并没有因此而淡薄，他对到葡萄牙创业的青田老乡总是特别照顾。

堂祖父在里斯本购置了一处三百多平米的房子，部分归自己家人居住，剩余部分出租给初到里斯本打拼的青田老乡使用。说是出租，其实只是象征性收一点低廉的房租。

老乡们住在堂祖父家里可以比较自由，朱光然来到那里的时候，他家出租房里已经住着近二十位刚出国的老乡。

整套房子三室两厅，朱光然的表姐一家，和另外一些早到的人，已经把三个居室全占了，朱光然只好与其他十多位，与他情况差不多的初来乍到者，在客厅里打地铺。

二十来人住在一套房子里头，最大的困难还是做饭与上厕所。除了朱光然，其他人都是做“提篮小卖”，赶集卖小百货的。大家伙都是早出晚归，晚上一个个轮流做各自的饭，早上则要排着队等着上厕所解大小便。碰上起夜，开灯怕影响到他人休息，不开灯又担心踩到了别人。

朱光然就是在这样的环境中，开始他新的人生历练！

朱光然与其他刚出国的青田老乡不同的是，人家吃苦可能是迫于无奈，为了最初的资本积累。他却是为了磨炼自己，学习各方面的本领，积累开餐馆的创业经验。除了到“老邻居”上班，他还在用心学习当地的语言，一边又在另找工作，希望能多一些经历，多一些积累。

林云康的舅妈是澳门人，从小就能说一口流利的葡萄牙语，她总是热心地帮助朱光然介绍工作。

堂祖父的女儿是堂祖父与他的葡萄牙太太所生，所嫁的郎婿也是葡萄牙人，她就不像她的中国父亲那样有中国情结，讲“同乡”感情。她与他的葡萄牙丈夫也开着一家饭店，起初就不愿意接纳朱光然到他们店里打工。经过林云康舅妈的几次“公关”，才勉强同意让他“试试”。

到了新的一家饭店打工，朱光然学习与历练的机会就更多了，他的工作不仅仅是洗碗，还有切菜，端盘子跑堂。忙与累，自然不必多说，朱光然从来就是不怕苦不怕累的，他总是认真对待每一项工作，把每一项任务都完成得很好，获得顾客、老板及员工等等所有人的赞赏。

饭店里打工辛苦，且没有工资，可朱光然并不在乎，他觉得只要能解决吃住就行了——吃在老板的饭店里，住在老板父母也就是堂祖父的家里。他从不抱怨饭店的工作辛苦，只一味感恩人家给了他这样的机会，让他在国外能有心安理得的栖身之所。

初到国外，朱光然对一切都觉得新鲜好奇，他并没有因为离开家乡而感到不适或害怕，相反地心中充满愉悦，连呼吸的空气都感到有一种别样的味道。

朱光然的吃苦耐劳与忠厚诚实，很快得到堂祖父女儿和她葡萄牙丈夫的认可。能有条件在里斯本安顿下来的朱光然，请了律师帮忙申请葡萄牙居留证。根据法律规定，出国三个月后，就需要办理所在国的居留证，不然会被当成黑户遣送回国。办理葡萄牙的居住证，也是出乎意料地顺利！

出国的时候，朱光然随身带了一些家乡的特产，诸如无形章、石雕手玩件、杭州丝巾等等的小玩意，没想到这些小玩意竟然帮了他的大忙。葡萄牙人非常喜欢他带去的那些特产，尤其是杭州的丝巾。这些小玩意在朱光然办理葡萄牙居留证的过程中，发挥了很大作用。将那些在国内极不起眼的小玩意，当作小礼品赠送移民局的办事人员，很受他们的喜欢，在他们的帮忙下，朱光然的居留申请，自然就是一路绿灯了。

拿到了居留证，朱光然在海外就有了公开而合法的身份，走动也就方便了。

于是，他不再满足于在葡萄牙的现状，急切地想到其他国家去寻找机会。

朱光然从葡萄牙的里斯本，到了西班牙的马德里。

到了马德里的朱光然，原本是想去亲戚家住几天，然后再看看有没有什么事好做的？亲戚没见到，一时又难以找到别的机会，便改变主意辗转去了法国，暂时在林云康家里落脚。

此时他的好友林云康已经办好了法兰西居留证，准备在法国发展定居。

20 巴黎也不是最终目的地

法国历史悠久，经济发达，社会繁荣，当时的巴黎市区已有九条地铁线路，根据列车运行速度的快慢，地铁线路分上、中、下三层，最底下的是快速地铁。

巴黎是艺术之都，是世界上保留最完整的历史文化名城之一，正以无与伦比的魅力，为世人所钟爱。巴黎是法国的首都，欧洲的心脏，同时也是世界上人口密度最大的都城之一。巴黎，更是异乡人心驰神往的淘金地。

但是这里各行各业配套完善，华人也比较多，竞争较为激烈，初来乍到者想在巴黎创业十分困难，只能以打工为生。

朱光然干的还是老行当，在巴黎一家香港人开的餐馆打工，每月有两百法郎的工资。

香港老板说的是国语，没有了语言上的障碍，沟通起来就更加容易。

国内多年跑销售的经历，锻炼了朱光然与人交往的能力，他又特别能吃苦，工作中任劳任怨，所以他的人缘特别好，谁见了都喜欢他，包括店里的大厨。

通常情况下，在国外中餐馆当大厨的，不但收入高，在同事中的地位也比较显要，往往为人傲慢，不拿正眼看小工。做小工当帮厨的，动作稍微慢了一点，或者有点什么闪失，就会遭受大厨的责骂。但这家餐馆的大厨，对朱光然却从不责骂，有时还十分照顾他。

该餐馆的大厨，在活儿清闲的时候，会主动与朱光然拉家常，有时甚至还帮助朱光然分担后厨里那些又脏又累的工作。

大厨自己手头上的活儿忙不过来了，也会让朱光然替他做些简单的汤水，这简直令朱光然受宠若惊！因为这种情况，在国外的餐厅后厨中，通常是不可能有的。

朱光然有个习惯，在每天晚上入睡之前，都要在脑子里过一遍当天所做过的事情。次日起床之前，又要想一想在新的一天里有哪些事情等着自己去做，该怎么做？

每天从餐馆回到住处都已很晚，朱光然虽然累，常常累得都直不起腰，但他依然没忘把全天所做过的事，在脑子里梳理一遍。梳理过后，他仍然睡不着觉。

辗转反侧睡不着的朱光然在做梦，做一个在国外当老板的美梦——他想自己开餐厅当老板。

每个到海外的青田人都有一个“老板梦”，朱光然也不例外，天天给人洗碗端盘子，根本就不是他自己想要的。

在国内就已涉商多年的朱光然，是个有头脑的人，他知道，要想实现自己的梦想，光有想法和精神不行，还必须有各方面的实践经验。在餐厅打工的时候，朱光然边洗碗，边注意学习人家的经营理念和管理经验，留心外国客人的饮食习惯，琢磨他们喜欢吃什么菜品，爱好怎样的甜品？观察、分析、比较中西方餐饮业的不同之处。

在打工之余，朱光然还经常到比利时、卢森堡等国家去考察。一方面通过青田老乡了解各国的风土人情，另一方面就是为了寻找商机，或者找到一份别的更好的工作。

经过反复的调研考察，朱光然感觉到，想要更快在国外立足，并创业发展成功，还是开中餐馆相对有优势，也容易起步，本钱也不大，资金回笼还快。

但是，中餐馆怎么开？开在哪？这又是大有学问在。

第一，是位置的选择。周边有没有来消费的客源？所选的位置是不是处在商业中心，行政中心，或者旅游中心？附近有没有停车场地，方不方便停车？这是首先必须考虑到的。

第二，你要考虑好想做什么菜系，这个菜系是否适合当地人群的口味？菜价的定位适不适合该人群的消费水平？

第三，饭店风格如何定位？装修软硬件如何选择？

第四，如何做好自身的服务？

如此这般的问题，都是必须考虑在先的，只有事前考虑周全了，胜算的概率才会大。

朱光然刚拿到葡萄牙的居留权，就向家里发出邀请函，将妻子叶民花和弟弟朱光琴也申请到了葡萄牙。

妻子到葡萄牙时，朱光然还在法国巴黎的餐馆里打工。

叶民花也是一个闲不住的人，她刚到里斯本的第二天，就跟着朱光然的表姐，从印度商人那里批发到一些小商品，包括手表、扇子等等，到集市上摆地摊售卖。

有洋人询价时，她就仿照在一块摆摊的其他老乡的样子，写个阿拉伯数字给他们看。通常初到海外的淘金者，都是采用这样的办法，来解决语言障碍问题。

但是由于没有经验，她分不清谁是客人，谁是警察？有便衣警察前来驱赶摆摊，她还以为是客人前来询价，仍然给人家写着阿拉伯数字，比比画画，搞得洋人警察哭笑不得。

时间久了，也许是出于同情，洋人警察觉得这个新来的中国女人，漂洋过海谋生也挺不容易，就睁一只眼闭一只眼，不再驱赶而放任了她。

叶民花就这样在葡萄牙靠摆地摊赚钱，维持了自己的生活，几个月下来，还稍微有些积蓄，日子一天天好起来。

21 狂欢的斗牛士伸出橄榄枝

20 世纪初，西班牙政局一直动荡，1936 年甚至发生血腥内战，内战以弗朗西斯科·佛朗哥领导的民族主义独裁者登台而告终。

1975 年在西班牙实行独裁统治，在位长达四十年之久的佛朗哥总统病逝，胡安·卡洛斯国王登基，由此开始平稳地实现了从专制政体向君主立宪民主政体过渡。

佛朗哥没有把皇位传给他的儿子，而是把皇位还给他哥哥的儿子胡安·卡洛斯一世。

胡安·卡洛斯一世在法国长大，对法国的经济发展比较了解，法国的制度和管理对他影响较大。他登基后，对内主张“改革”和“民主化”，对外坚持同所有国家保持友好关系。他聘请了三个世界顶级经济专家，为西班牙的经济进行研究，对西班牙的发展制定了三条适合西班牙国情的策略。

第一条，曾经一度处于独裁统治下的西班牙，闭关锁国，经济薄弱，发展落后，必须打开国门，让西班牙百姓走出去。西班牙政府采用放宽政策，一下子走出去几十万人，到周边富裕的国家打工赚钱，每年赚回很多的外汇，也学到了他国的先进理念和先进技术。

第二条，西班牙地形复杂，气候多样（大致可分为五个不同气候区），旅游资源丰富，尤其是其西北的崇山峻岭直插大西洋，形成一连串景色秀丽的海湾，东南部的地中海沿岸却多沙而平缓，全域拥有两百多处海滩，大多风景优美，气候宜人，是天然的旅游胜地。必须把旅游业作为重要产业，加快开发步伐，吸引欧洲的富人到西班牙旅游，来海滩上晒太阳，从而增加三产就业机会，增加国家外汇收入。

第三条，西班牙国土广阔（在欧洲仅次于俄罗斯和法国），农业人口多，劳动工资低，必须加大对外招商引资力度。要求各地方政府整理出闲置的土地，列为经济开发区，免费赠送给前来西班牙投资的投资商开发利用，从而增加国民就业和国家税收。

三条战略措施的落实，很快解决了西班牙的就业问题，吸引了许多外资企业到西班牙投资，从而极大促进了GDP和税收的增长，使整个国家经济焕发了新的生机和活力，掀开了新的篇章。

尤其是进入20世纪80年代，在1982年成功举办了世界杯和获得1992年奥运会主办权后，西班牙经济走上了高速发展的快车道，一跃成为欧洲经济中上发展水平的国家。

持续多年的良性经济增长，为包括华人在内的外来移民们提供了谋生、创业、发展的良机。

1985年，西班牙政府为解决伴随着经济发展而带来的对劳动力的大量需求问题，推出了针对不合法进入西班牙移民的大赦政策，从而为在西班牙的中国移民取得合法化居留权，带来了契机。

中国改革开放之初，中西方两地之间巨大的经济差距，是吸引大批青田人移民欧洲的强劲拉力，但是欧洲各国严格的移民接纳政策，却是他们难以逾越的障碍。当一批批青田人持旅游、探亲签证进入欧洲后，无法转换身份，就只能无证滞留，躲躲藏藏，在一些地方做黑工。

当更多的青田人，仍在苦苦找寻进入欧洲的机会时，西班牙对境内移民的开放政策，让许多远赴海外的淘金者喜出望外。

据记载，1985年西班牙政府第一次实行“大赦”时，提出申请的华人共有1192人，其中347人被拒，845人如愿转换身份。

1991年6月开始的第二次“大赦”期间，华人获得合法身份者，增至4000多人。

1995年第三次、第四次“大赦”，共有80000多人获得合法身份。

进入21世纪后，西班牙又相继实行四次“大赦”行动，“大赦”期间，一家人中只要有一人在西班牙具有合法居留权，就可以一次性申请全家人实行“家庭团聚”移民。

“大赦”使得在西班牙拥有正式居留的华侨数量直线上升。

中国与西班牙政府建交于1973年，西班牙国王1978年访问中国。随后，两国高层互访不断，推动了两国关系向深层次友好发展。

回想起两国高层互访，旅居西班牙的老华侨们至今仍有说不完的话题。

其中令人十分难忘的一件事是，当西班牙人在电视上看到，他们的国王在北京用两根小竹筷吃饭的时候，深感好奇，莫名惊诧！

几乎一夜之间，全西班牙的中餐馆，每一家的生意都变得异常火爆。

用老华侨们的话说：“当时真怪，饭店不管开在哪里，只要两只红灯笼一挂，就能顾客盈门。遇上周末，每一个餐次，每一张桌子都要翻四五次台，等待吃饭的客人排成了长龙。”

1985年的一天，喜闻西班牙政府实行“大赦”消息的时候，朱光然就感觉到，那里的社会经济与环境一定能给他的发展带来良机。他按捺不住内心的激动，兴奋异常，彻夜难眠，恨不得立马卷起行囊前往。

当时他正在法国巴黎香港人开的餐馆里当帮厨，每个月拿着两百多法郎的薪水，夫人叶民花则刚出国不久，还在葡萄牙里斯本赶集摆摊。

没多久，朱光然便从法国到了西班牙，妻子叶民花也带着孩子也从葡萄牙赶了过来，一家人在马德里会合。

在表舅章岳锦的帮助下，朱光然一家人在马德里安顿了下来，夫妻俩一边在饭店打工，一边寻找商机。

表舅章岳锦原在青田当老师，教了十多年的书。

在国内时生活很艰难，全家七口人，四人没有城镇户口，只有三人能吃上商品粮。没有城镇户口等于没有粮票，需要去黑市买“黑粮”，仅靠表舅一人三十多元的工资，显得捉襟见肘。

每天在学校上完课，回到家里，表舅章岳锦还得马不停蹄地上山打柴、割草、种地。

他是1980年9月出国到西班牙的，比朱光然早三年多。

刚到西班牙时，表舅的工作生活也是十分艰难，下飞机的当天晚上就开始干活。洗了两年多的碗，从早上八点开始，到次日凌晨三点多才能休息。几个小时后的早晨七点，又要起床继续干活。

饭店里用的都是最便宜最劣质的洗涤剂，一双手长时间泡在洗水池里，尤其是在冬日严寒的日子里，手背裂出血，手指红肿得像红萝卜，刺心地痛！

但老板不会因此怜悯员工，而让人多休息一会。

在他申请到居留证之前，警察几乎天天来查黑工，一听到有人喊“警察来了”，表舅就得急速躲到餐馆的一个暗室里去，连大气都不敢出。

申请到居留之后，表舅才有了学习掌勺炒菜的机会。

四年后，他开了第一家自己的饭店，取名“味雅饭店”。

其时，西班牙的中餐馆，大多为香港和台湾同胞所开，中国大陆在西班牙开中餐馆的人还不多。

从葡萄牙，到法兰西，再到西班牙，一路过来，朱光然没有像其他初到海外淘金的青田人那样，去赶集练摊，而是全在中餐馆做帮厨，主要目的就是为了学习人家经营餐馆的经验，为日后自己当老板开中餐馆做好充分准备。

尤其是在巴黎香港同胞开的那家中餐馆，打工的大半年时间里，他与那位做大厨的香港中年人特别聊得来，从他那里学到了许多有效的经验。

闯荡商海多年的朱光然，经过大量的调查研究感觉到，只要能请到一位手艺不错的好大厨，在西班牙开家中餐馆也不是件很难的事。

家人和朋友，特别是有了一定经营经验的表舅章岳锦，也给了他极大的鼓励和帮助，朱光然便大胆地下定了开店的决心，并制定了详细的实施计划。

开店首要的，也是最重要的问题，就是选址问题，套用李嘉诚的一句话说就是：地段，地段，还是地段。自己开店当老板前的朱光然，也认识到了选址对于开店极为重要，地段是影响开店生意至关重要的一个因素。

朱光然头一次开店，只许成功，不许失败！这头一家中餐馆开在哪的问题，简直让朱光然把脑子都想破了。

他跑遍了马德里的大街小巷，也考察了巴塞罗那的所有饭店餐馆，发现这些知名的大城市华人比较多，中餐馆也已经不少，生意竞争非常激烈。自己是头一回开店，经验不足，实力有限，他的中餐馆还是应该避开这种竞争，尽量到一些华人涉足较少的小城市去寻找店面。

就这样，朱光然选中了当时华人不多的，西班牙北部的洛格罗尼奥市。

洛格罗尼奥市面积仅为五千多平方公里，二十多万人口，但区域内土地肥沃，资源丰富，是欧洲著名的葡萄酒产地之一，商业发达，经济繁荣，也是西班牙少有的富庶之地。

朱光然在表舅的大儿子——也就是他的表弟章小乐的陪同下，前往洛格罗尼奥市。

章小乐主要充当翻译的角色，他到西班牙已有四五个年头，西班牙语讲得很顺溜。

洛格罗尼奥市区仅有一家台湾人开的中餐馆，店面不大，大概只能供七十多位客人同时就餐。

这位捷足先登在这里中餐馆台湾同胞，为人非常热情，他毫无保留地给朱光然提供了资讯上的帮助。

经过几天考察，朱光然找到了一处三百多平方米的门面，位置佳，房租又便宜，让他喜出望外。签下合同，即按规定找到当地移民局和劳动局，顺利申请了移民居留及劳动居留。

22　创业始于洛格罗尼奥格隆大街

要在一个地方生存发展，首先就得过好语言关，到了西班牙，就得学西班牙语，否则将寸步难行。尤其是在西班牙从事餐饮服务业，到店里用餐的全是西班牙人，与人沟通，更是离不开西班牙语。

朱光然在国内只是小学学历，没有一点儿外语基础，他从马德里台湾人开的一家超市里，买了一本西班牙语教材，踏踏实实地从最简单的字母单词学起。

不管时间多紧，工作多忙，他都坚持每天学习，从不间断，一天背下一课书，三个月时间里，背完了全书的九十篇短文。

同时，他又托朋友，从国内购买了《西中字典》和《中西字典》。两本宝典，随身携带，遇到问题，翻翻《中西字典》，又翻翻《西中字典》，找到汉语对应的西班牙语，又找到西班牙语对应的汉语，比照着，反复琢磨，一般的字、词、句，也就难不住他了。实在难的问题，他才会借助外力的帮助。

凭借两本宝典，朱光然就克服了语言障碍，把每天工作过程中遇到的事情搞明白，把想做的事做成。

装修饭店的所有装修师傅，都是西班牙人，由于两国的文化不同，观念不一样，有些设计理念上的问题，就不是朱光然仅靠那两本宝典——《西中字典》和《中西字典》，所能解决得了的了。譬如中餐馆的门台为什么选择红门黑柱，像宫殿？窗格子为什么要搞得那么复杂？廊檐下为什么要挂红灯笼？中国结是什么寓意？

如此这般诸多问题，朱光然跟这些洋人是难以讲得清楚的。

许多地方的工作，他就只能依靠自己，亲力亲为了。他和设计师一起量尺寸、画图纸，考虑各种各样的装修方案。

因为自己之前曾在多家中餐馆打过工，便在设计中融合了各家的优势，在达到美观的同时，还考虑到了成本的节约。

为使装修达到自己想要的效果，朱光然天天陪着电工、泥工、木工、油漆工等各方面的装修师傅，一起买材料，参与各个施工环节的工作，从不轻易放过任何一处细节。

为了与装修师傅取得更好的沟通，他更加刻苦地进行西班牙语的学习，同时，在使用简单的西班牙语与装修师傅的交流过程中，又促进了他的西班牙语的提高，起到了相辅相成的作用。

成功的人，总是善于结交各方面朋友，善于利用身边的资源。在办理饭店银行开户时，朱光然结识了一位非常友好的客户经理 PEDRO 先生，两人渐渐成为了好朋友。饭店的设计师就是 PEDRO 先生帮忙介绍的。设计过程中，朱光然又与设计师相处得不错，彼此也成为了朋友。通过设计师朋友的介绍，朱光然才找到了泥工、木工等各方面的装修工人，彼此合作愉快，为之共同装修他的“创业梦”。

经过短短三个月的努力，朱光然的第一家“中国城”饭店，就在洛格罗尼奥市的格隆大街 11 号顺利开张了。

这家饭店是朱光然和他的一位好友合伙开的。

好友出国前，是青田县一家单位的工作人员，朱光然在家乡办企业跑业务的时候，与该好友来往甚多，得到过他的许多帮助，朱光然一直记着他的恩。

好友移居西班牙较早，可并没有找到合适的职业，住在马德里，喜欢打牌搓麻将，基本处于赋闲状态。

作为朋友的朱光然觉得，他长期这样下去终不是个事，他的家人迟早也要到西班牙团聚，总得做点事业有个稳定的收入吧。

出于感激报恩，朱光然便主动邀请他与自己合伙开店赚钱。

万事开头难，在国外创业尤其如此，资金与策划在创业初期分外重要。

这家“中国城”饭店，朱光然与好友事先做过预算，预计总投入八十万西班牙币，约定每人各投四十万，各占百分之五十的股份。

由于经验不足，餐馆装修过程中，出现了许多事前没有想到的情况，投资额大大超出了事先的预算，达到了九十多万西币。

朱光然有点急了，一旦计划半途而废，他之前的努力就要前功尽弃！偏偏在这个时候，作为两个股东之一的好友，原本预算之内的四十万西币，又无法及时到位——他是在饭店装修之前，把部分资金借给了另外的朋友周转，没法按时收回来了。形势变得更为严峻，朱光然急成了热锅上的蚂蚁。

朱光然只能同他的妻子叶民花商量，将所订购的一套房子退了。

在刚签下店面房承租合同的时候，朱光然一家已在店面房的附近，订购了一处四室两厅的大房子。房子离饭店近，家人来往方便，尤其便于照顾孩子。协定房价八十万西币，已经预付定金八万。

在国内跑销售业务多年的朱光然，出国时是带了一些资金出去的。他不同于一般青田人，出国是迫于生计，为了出去打洋工，他是一开始就有创业计划，是要当老板做生意的。根据当初的估算，他们家自有的积蓄，加上亲朋好友的帮助，再向银行贷点款，除了开饭店的股份投资，另在当地买一处住房，还是问题不大的。不曾想饭店的投资超出了最初的预算，并且合伙人，连最初投资预算内的那四十万股金，也还有一部分到不了位了。

没别的办法，朱光然只能做太太叶民花的工作，忍痛割爱把已订购的住房退了。由于是单方面违约，朱光然的八万西币的购房定金，就成了补偿对方的违约金，其余未付的购房款成了“中国城”饭店的追加投资款。

朱光然的八万西币购房定金损失，并没有让他的合伙人分摊。饭店的实际投资款，朱光然远远超过了他的好友，但饭店的股份仍然是各占百分之五十。

朱光然就是这样，宁愿让自己吃亏，也决不使朋友叫屈！

朱光然的“中国城”饭店开张之初，请到了三位台湾籍员工，其中还有一位大厨。

这台湾籍大厨，是位中年人，曾在台湾游轮上担任主厨，见多识广，经验丰富。因他常年在游轮上，接触到形形色色的人群，对不同国家不同地区人们的口味，皆有了解，尤其是对西班牙洛格罗尼奥一带的口味，还深有研究。又精通中餐的做法，在中餐菜中顾及一点当地的风味，深受洋人们的喜爱，给饭店带来了不少的回头客。

另外两位在饭店当跑堂的台胞，工作十分勤快，自身修养高，待客又热情周到，给顾客的印象也很不错，其中一位是大厨的女友。

“中国城”饭店的所有菜品，都或多或少结合上一些西班牙当地风味特点，做到了中西兼顾。供顾客选择的菜品，多达百余个品种，有扣肉、红烧肉、回锅肉、蚝油牛肉、碳烧羊肉，烧鸡丁、炸鸡丁、宫保鸡丁、辣子鸡丁，包春卷、炸响卷、奶油卷、紫薯卷、鸡蛋葱卷，汤面、炒面、热擀面、油泼面、炸酱面、三鲜烩面，酸辣汤、番茄汤、菌菇汤、猪肝汤、榨菜肉丝汤、芦笋紫菜汤等等。

服务又热情，价格又实惠，物超所值，很自然地就吸引了大量的西班牙顾客。经过一传十，十传百的宣传，“中国城”饭店，很快就在西班牙的洛格罗尼奥市名声远播，顾客盈门。

饭店的生意忙不过来，朱光然太太叶民花和弟弟朱光琴，自然共同前来帮忙。

对于饭店的营销策略，在国内有着多年工业品营销经验的朱光然，也颇下了一番苦功。

通常日子里，饭店只要给顾客物有所值的菜肴品质，与热情周到的服务就行。促销的时候就必须考虑，时不时地为顾客送上一些意外的惊喜。

凡在节假日期间，去“中国城”饭店消费的，店里都会为每位顾客送上一份，从国内带出去的真丝手帕、折叠扇之类的小工艺品，有时还会请客人免费品尝一杯上等的桂花露、高粱醇、女儿红等中国美酒。

除了这些，还有会员优惠积分兑换活动，办了积分卡的会员，可根据积分兑换来自中国的不同工艺品。每张会员卡消费满十次，可以享受店里提供的免费消费一次。

有些顾客看到饭店里一件心仪已久的中国工艺品，就会主动办理积分卡，到“中国城”饭店来消费。自己的积分达不到，还要主动邀请他（她）的朋友来消费，用来凑足积分。

新颖别致的促销手段，吸引了更多的当地顾客，许多外地人也慕名前来“中国城”品尝菜品。一时间，“中国城”饭店名声大噪，生意相当火爆。前来餐厅就餐的人络绎不绝，甚至每天有顾客排队等候就餐。若逢周末，顾客排队等候就餐的时间，竟长达两三个小时之久。

“中国城”饭店营业额节节攀升，朱光然并没有因此而沾沾自喜。

为了进一步打响“中国城”的品牌，朱光然总是别出心裁地想着自己的招数。由于有出国之初在餐厅当服务生的那段经历，他比他人更加懂得如何抓住顾客的心。他总是从心底里观察，从细微处着手，时刻让顾客感受到“中国城”饭店的贴心之处。

在工作不忙的时候，他会主动与客人聊天、交流，在对方不经意的情况下，就将客人的生日留心记下了。待到客人的生日临近，他就提前几天给客人打电话，祝贺客人生日快乐。

通常西班牙的餐馆饭店，都有规定的营业时间，没到或者过了用餐时间，顾客进入餐厅想吃饭，会遭到店员的拒绝。朱光然经营的这家“中国城”饭店，对客人在用餐时间上就没有斤斤计较，无论客人来得早了，还是迟了，都能受到同样热情周到的款待，同样给人一种宾至如归的感觉。

这样，“中国城”饭店的营业时间，也就比其他饭店长，有时甚至到凌晨两三点才能打烊，这背后付出的辛勤劳动，远比想象中多得多。但也就是这些看似细小的举措，却颇令顾客感动至深，从而为“中国城”赢得了更多的回头客。

正因为如此，“中国城”饭店的生意才能一直火爆。

80年代的西班牙，开中餐馆的人还不是很多，但凡中国人开的中餐厅，生意都差不到哪里去——中华美食让众多国外友人赞不绝口，也让朱光然等善于经营者发家致富。

一年后，朱光然在洛格罗尼奥市区开了第二家“中国城”饭店。

23 第二家中国城饭店生意爆棚

朱光然就是一个拼命三郎，为使他的第二家“中国城”饭店，赶在圣诞节前夕开业，在人手异常紧张的情况下，他只能一边兼顾于第一家饭店的经营，一边忙着第二家饭店的装修。

他改不了亲力亲为的秉性，并且凡事要求完美，连饭店的吊顶都是选用台湾进口原木做的，而且有着知名的品牌。

朱光然实在是太拼命了，夜以继日地工作，一天根本休息不了几小时。

在使用电锯做木工活的过程中，由于极度疲劳，朱光然一不小心将左手食指锯去了一大截，顿时鲜血直流，疼得在地上翻滚。现场的装修工人，看到这种情形全被吓蒙了，显得手足无措。

幸亏有位卖肉店的老板刚好经过那里，这卖肉店的老板认识朱光然，曾经是他第一家“中国城”饭店的肉类供货商。他急忙找来车辆，把处于昏迷状态的朱光然送到了医院急救室。

由于当地的医疗条件所限，医生没有办法将朱光然只连着一点皮的断指重新接上。

这次装修事故，让朱光然留下痛失两节左食指的遗憾。

第二家“中国城”饭店，还是在朱光然的周密计划和积极努力下，于1986年圣诞节当天按时开业了。

圣诞节是西方人最重要的传统节日，朱光然根据西方人的习俗，用花环、彩带、气球和圣诞树、圣诞老人，将整个“中国城”中餐馆，装扮得像个童话世界。

圣诞树的枝头挂着花花绿绿的巧克力和糖果，在一颗颗闪烁耀眼的小星星衬托下，异常诱人。

饭店里跑堂的员工，人人戴上圣诞帽，扮成白胡子圣诞老人，携着装满圣诞礼物的布袋子，给所有前来店里消费以及看热闹的大人小孩，分派来自中国小商品市场的圣诞礼物……

这一天，顾客多得爆棚，他的在洛格罗尼奥市的所有亲朋好友，都到店里帮忙，还显得人手不够。

朱光然的第二家“中国城”饭店，无论装修风格、菜品安排，还是运营理念、服务水平，方方面面都够得上“星级”水准，也让当地市民对中国餐饮文化的认知，上升到了一种新的境界。

在之后的日子里，生意一直延续着开业时的火爆程度。到了节假日，等待就餐的人们常常排成长龙，简直成了洛格罗尼奥市内的一道景观。

生意实在太好了，根本忙不过来，到后来朱光然的父母和四个孩子全来到店里帮忙。

父母主要在后厨，帮助做一些洗碗、洗菜、切菜之类的活。

放学回家的儿子朱俊杰，看到店里一派繁忙景象，主动放下书包去端盘子，当小跑堂。店内顾客拥挤，儿子个子小，端着盘子在人群中穿梭，最后竟然练就了一次能端七个盘子的绝活，堪称“餐厅一景”。大女儿朱玉洁主要帮忙洗杯子、煮咖啡、做甜点。二女儿朱玉一，学会了结账、收银。小女儿朱玉叶，小不点也不甘示弱，主动做起“小帮手”，身高够不及吧台的她，搬了两个饮料箱子做脚垫，站在箱子上学会输菜单——久了，全家居然没有一人输单的速度，能够超越她！

第二家“中国城”饭店在全家人的努力下，生意愈来愈红火，业绩扶摇直上。

在异国他乡的陌生土地上，朱光然依靠洞察市场的非凡眼光，依靠勤奋刻苦、顽强拼搏的创业精神，依靠诚实守信、顾客至上的经营理念，依靠货真价实的菜品和充满魅力的东方餐饮文化，在付出了比平常人多几倍的努力之后，赢得了市场认可，成就了创业梦想。

与朋友合伙的第一家“中国城”饭店，朱光然占了百分之五十股份，他自己又独资开了第二家“中国城”饭店，并且两家店的生意都异常红火，场面大了，经营管理的工作量和难度都在增加。

对于两人合伙所开的第一家“中国城”饭店，合伙的朋友一开始参与经营就不多。

尽管他的两个女儿也来到了西班牙，与朱光然一家人住在一起，可他的兴趣似乎还在牌桌上，有时甚至连饭店由于生意太好而无法按时打烊，他都会莫名其妙地感到烦躁。

他充其量也就是合伙店的一名挂名股东，平日里两家“中国城”饭店几乎就是朱光然一人在操办经营。

朱光然和太太叶民花要负责两家饭店的后厨，忙的时候还要兼做跑堂，哪里忙往哪里奔，但朱光然从没有在合伙店里领过一分钱的工资，也没有多拿一分钱的分红。

太太叶民花每天除了两家饭店里的事情，还有异常繁重的家务等着她。

朱家自己有四个孩子，最大的儿子朱俊杰也还在上小学，其他亲戚朋友，包括合伙人家的，总共有十几个孩子，吃住都在他们家。叶民花从饭店一回到家里，还得给家里的孩子们烧菜、做饭、洗衣服，忙得晕头转向。

合伙的好友虽然在店里的时间不多，极少参与饭店的经营管理，但有些方面却比较细心，闲来无事他会对饭店里的物资进行暗中盘点。

一次，有客人要点面包，厨房说面包已经缺货，这事正好让经过店里的好友听到了，便责问道：“怎么可能呀？我昨晚点过的，那么多的面包，长翅膀飞了不成？”

原来是另外一位青田来的老乡，要去马德里办事，一大早炸了一些面包带走了，造成了合伙人的误会。

经过了这件事，彼此就有些心存芥蒂，朱光然明白朋友长久合作不容易，不如好合好散，就跟好友商量说，为方便经营管理，最好还是把饭店转让给其中的某一个人，如果你能受让，我就愿意主动退出。

其实，朱光然是一直在替他的好友考虑——好友一家人到西班牙团聚，是需要有个安身之所，拥有一份事业的。

朱光然自己一家人已经全部到了洛格罗尼奥市，除了合伙经营的饭店，朱家还另外拥有一家独资的“中国城”饭店，生意红火，日进斗金。

他本人还初步掌握了西语，又积累了经营饭店的经验，即便再开一家店也不是太难的事。倒是朋友的情况常让他担心——朱光然只希望好友能把这家曾经凝聚他大量辛勤汗水，并且生意一直不错的饭店，一人受理了去。

在饭店全部转让给好朋友的时候，朱光然只是收回了最先的投资成本。

他没有按照饭店的实际价值来转让。如果根据饭店的实际价值来评估转让，转让费理应会比原本的投资成本高出很多。

24 姐姐在他的人生中不可或缺

在青田民间，流传着一种“长兄为父”“长女为母”之说。

朱光然既有哥哥，又有姐姐，家里有点大小事儿，本用不着他费太多的心。可作为“长兄”的哥哥，却起不到“为父”的作用，即便在父亲蒙冤服刑的漫长岁月里，他仍然没有担当意识，甚至难改赌性陋习，令家人为之伤心。

青田民间还有种说法叫作：养鸡买盐，养猪过年！

说的是普通老百姓家庭就是依靠养几只老母鸡，下几个鸡蛋卖钱去换取油盐酱醋；养一头肉猪，到了年底宰了卖钱，置办年货及安排来年的家用开支的。

有一年春节临近，朱家也像村里其他的家庭一样，请杀猪师傅把母亲辛辛苦苦饲养了一年的一头猪，起早杀了。母亲吩咐杀猪师傅将褪毛后的整头猪，剐成了一刀一刀，只把一些“边边角角”的肉留下来，等到过春节时让孩子们改善生活。

其他的好肉全装进两只箩筐，天刚蒙蒙亮，就让大哥陪着屠夫，挑到邻村挨家挨户去兜售。

母亲将来年的生活开支，全指望在那一担好肉上了，盼着她的大儿子尽快卖了肉回来，将厚厚一大叠的钞票如数交到她手里。然后她将关起房门，一个人躲在那里，喜上眉梢地，用手指头蘸着口水，一张张，一遍遍地数了再数……

除了留足捉小猪的“本儿”，用剩余的钱安排年关以及开春之后，家里头那一笔笔不可或缺的方方面面开支……

可左等右等，太阳都西斜了，天抹黑了，连月亮都爬上山岗老高了……就是不见屠夫与大哥卖完猪肉回来。

母亲一遍遍去村口探看，急得像热锅上的蚂蚁。

发动家人及亲友四处去寻找，最后竟在邻村的一个赌场里将大哥找到了。

只见箩筐空了，一整担的猪肉倒是全卖出去了。卖完了肉的屠夫早就回了家，卖猪肉的所得已让大哥赌博输得所剩无几。

母亲被气晕了，外婆连夜赶过来，举着拐杖追打她的大外甥。

大哥就是这样一个没有责任心和缺乏担当的人。

哥嫂结婚后，嫂子身体一直不好，常年卧病在床。等到他们有了两个孩子，哥弟仍然没有分家，一个大家庭基本上只靠朱光然弹棉花维持开销。

即便在朱光然也有了妻子成了家，大哥分了家，哥嫂另立了门户，他们的两个孩子还是由母亲和朱光然一家照顾着。

由于父母结婚多年没怀上孩子，四五年后才有了他们的儿子，爷爷、奶奶、外公、外婆都把小孙子当心肝儿来疼，才将大哥惯成了这样。

姐姐朱光媚可不一样，非但没人疼她惯着她，甚至还有人怪她来得不是时候，抢食了她哥的奶水呢！她只比她哥迟一年出生，奶奶就说了，要不是她匆匆来早，他们母亲的奶水就可以给自己的宝贝孙子多喂些时候。

朱光媚是完全不同的另一种类型的人，特别能吃苦，特别能担当。她从小就学会了做家务，从小就有一种“带弟妹”的意识，成了妈妈满意的“小帮手”，也就相当于朱光然和他的弟妹们的半个母亲。

朱光媚长到十岁，家里才创造条件让她去上学，在班里头她的个头比其他同学高出半个脑袋。学没上多少时间，父亲出事了，入狱了，她只能跟着辍了学。

母亲承受着精神与生活上的双重压力，里里外外忙得不可开交，有点大小事儿，只有使唤她。有时心中有苦无处诉说，还无缘由地拿她当出气筒。

姐姐朱光媚十六岁那年，母亲就自作主张将她出嫁了。婆家在一个叫东堡山的山上，村子就三五户人家，结婚之前，姐姐连姐夫的面都没见过。

母亲图的是对方的家境，说就因为婆家在山上的小村子里，所以才能够搞“单干”，不必入生产队，也不必吃“大食堂”，粮食充足，光“聘金”就是三百斤稻谷呢！三百斤谷子在当时都算得上一笔不小的财富了，足以接济娘家一家人度过一年中的饥荒时日。

说穿了，姐姐朱光媚就是被母亲用三百斤稻谷给卖了。

因为穷，没有别的陪嫁，一条新被子，是母亲、舅妈、姑妈等，有人出棉胎，有人出被面，有人买被单，一班亲戚凑在一起送的。

母亲又东家一元西家五毛地向邻居们借了十元钱，作为女儿的“压箱”红包。

结婚那天，朱光媚一路哭哭啼啼抹着眼泪到了婆家。

七天后“回门”，她把十元“压箱”红包原封不动地还给了母亲，被面、被单也洗干净了还给了姑妈舅妈她们。

所幸的是母亲既没有使姐姐嫁错人家，也没有嫁错郎。不但婆家家底殷实，一下子能拿得出三百斤陈年的稻谷作“聘金”，而且郎君也确实是一个好后生。他就是之后姐姐与之一辈子相守相爱的爱人程成光。

姐夫程成光为人善良、踏实，又勤奋，还有一门垒石筑墙的手艺。

姐姐嫁过去之后，遇上抢收抢种等农忙时节，姐夫程成光也会主动到朱家帮忙干农活。

朱光然起初是小，长大了又得到生产队里挣工分，还得做石刻、弹棉花、跑销售，缺乏劳动力的朱家，扩种地、承包地上的农活差不多都是姐姐姐夫两人帮着干的。

朱家度日艰难的时候，也离不了姐姐朱光媚的帮助，她常用大袋小包将婆家的陈粮余粮往娘家搬。

姐姐就像外婆一样，令朱光然一辈子都难以忘怀。

改革开放之后，各地都实行了生产承包责任制，人们解决温饱已不成问题，姐夫那个小山村搞“单干”的优势，已不再算作优势。并且人口流动也不再受太多的限制，其他地方一些原本居住在深山里的村民，也都因为向往城里的生活，纷纷下山出山，到城里打工经商去了。

姐姐姐夫所在的东堡山村，留在家里的人则更加少，原来令他们引以为豪的田地几近荒芜。人少了，生态好了，野兽泛滥成灾，庄稼常常有种无收。

姐夫长年外出打工，姐姐家住的房子，四面都是石头彻的墙，墙洞里常有蛇类出没，夏天天气炎热，有一次还有条蛇爬到了姐姐的蚊帐顶上，倒挂在那里，伸动着信子，吓得她心惊肉跳，让她在整个夏天都没有睡个安稳觉。

此时朱光然手头已经比较宽裕，外面交往也广了，就通过关系，买到一些当时还比较紧俏的建材物资，钢筋、水泥、元钉等等，还有建房时需要请老师和帮工用到的香烟、啤酒之类，给姐姐家送去，帮助姐姐家盖起了新房。

那个时候，与附近其他一些人相比，姐夫一家人的生活反而显得相对困难了，姐姐每天起早摸黑，带着中饭，早出晚归，到山下的石料场给人敲打碎石，风吹日晒的一整天下来，每天只赚得七毛钱的薪酬。

朱光然心里替姐姐一家着急，他介绍外甥到乐清的好朋友那里学车床加工，暂时让姐姐家多了一份收入。

等到自己一家人在西班牙稳定下来，开起了“中国城”饭店，朱光然第一个想到要带出去的亲戚，就是姐姐朱光媚。

姐姐到了西班牙，开始在朱光然“中国城”饭店的厨房帮忙。看见人家切菜，她拿起了一根红萝卜小试一把，那把式，那刀功，堪称一绝，就让厨房里的所有人都看傻了眼！

另外，煮、煎、炸、烤，姐姐也是样样拿得起，上手特别快。

朱光然的第二家“中国城”饭店开业，姐姐已升任为“二厨”。

“二厨”既是厨房里的主要操作工，其实也是一个厨房的“总管”。饭店生意火爆，七八个跑堂所开的单子，像雨点般落到朱光媚眼前，她能将每张菜单熟记于心，在配菜过程中，搭配巧妙，流程紧扣，有条不紊，让人刮目相看。

每到周末，无须朱光然指点，作为二厨的姐姐朱光媚，就早已把未来一周需要采购的菜品安排妥当，让他这个老板的既省心又省事。

朱光然开始去巴塞罗那市区，筹办他的第四家“中国城”饭店之时，就把处在郊区机场旁的第三家饭店，放心地交给姐姐朱光媚全权打理。

25 目标在巴塞罗那闹市区

洛格罗尼奥市，充其量是西班牙北部地区的一个古老小城市，市区人口也就十多万人，尤其是交通不便，距离海港较远（离巴塞罗那 500 多公里），采购源自东南亚的中餐食材，有诸多不便。

经过一段时间的经营和财富积累之后的朱光然，不再满足于眼前的一切，他感觉到自己已经羽翼渐丰，应该可以到更大的商海去搏击风浪！

朱光然把目光投向了，享誉世界的地中海风光旅游目的地，和著名的历史文化名城，西班牙第二大城市——巴塞罗那市。

巴塞罗那是加泰罗尼亚自治区首府，以及巴塞罗那省（隶属于加泰罗尼亚自治区）的省会。加泰罗尼亚自治区议会、行政机构、高等法院均设立于此。它既是港口城市、旅游城市，也是西班牙除马德里外的重要政治中心。

这里是西班牙的经济中心，经济发达，商业繁荣，人民生活十分富裕。

在巴塞罗那市区，店铺租金较贵，各项开支成本也相对较高，没有相当的资金实力，是极难在这里生存与发展的。

到西班牙之初，在洛格罗尼奥市开第一家"中国城"饭店之前，朱光然曾去巴塞罗那进行过考察。尽管对巴塞罗那市区一些店面房十分看好，但自我感觉自己既没有经济实力，也缺乏经营经验，是不能轻举妄动的，只能先到一处较小的城市小试牛刀，再做打算。

即便在洛格罗尼奥开过了两家饭店，两家饭店都取得了意想不到的成功，经验和实力都有了，心智和胆量也都有些大了，可再经一番考察分析，为谨慎起见，朱光然还是没有直接将他的第三家“中国城”饭店，开到巴塞罗那市区，而是开在离巴塞罗那市区不远处的，机场旁边的一个小城镇里。

他考虑的是采取“步步为营，节节推进”的方法，在市郊站稳脚跟后，再奔市区发展。

在朱光然的苦心经营下，他的第三家“中国城”饭店，依然是生意火爆，顾客盈门。

朱光然把这第三家饭店交给了他的姐姐朱光媚经营，自己则开始着手筹划他的第四家“中国城”饭店。

第四家“中国城”饭店开到了巴塞罗那市区，但还不是很繁华的地段。

第四家饭店再次获得成功，朱光然才满怀信心地将他的第五家“中国城”饭店，直接开到了巴塞罗那闹市中心的最繁华地段。

第五家“中国城”饭店的店面房，分上下两层，共有面积七百多平方米。原为一家美国银行所用，银行因为经营不善而关门歇业。此处地段好得没话说，但租金也是高得惊人——每月就有四十万西班牙币（相当于两万多元人民币），所以一直没有再租出去。

朱光然租下来之后，首先需要把银行之前的装修进行拆除。

银行金库的墙，足足有五十公分的厚度，请人敲墙和清运垃圾，肯定是一笔不小的费用。一向精打细算惯了的朱光然，自然是不会随便花这笔钱的。

利用设计师为他的饭店做方案设计的空当，朱光然带着家人，仿佛愚公移山似的，前后花了大约两个月时间，将旧有的装修拆了，把那碉堡般的厚墙也一点点敲打掉了。所有垃圾清运干净，设计师的方案刚好完成。

新的“中国城”饭店，从硬装到软装，全是按照五星级标准进行设计装修。订制的餐具，包括盘、碗、刀、叉，以及杯子什么的，全为镀金镀银。

同时也是按照五星级的要求，进行服务标准的制定，和员工的规范培训，但饭店开业后，经营状况却与曾经大获成功的前四家店大相径庭。

饭店开张两个月，经营非但没有盈利，甚至还亏损了几千美金。

朱光然好生奇怪：这是怎么了？问题到底出在哪里？

他连续花了三天时间，亲自做了顾客调查。

一些常来饭店用餐的顾客朋友向他反映：主要是饭店的档次太高，装修太豪华了，让许多人见了望而却步，不敢进来就餐了。

他们还告诉他，虽然饭菜质量很好，但价格还是太高，因为价格贵，凭他们的薪水水平，每周最多只能到店里消费一到两次。如果能把饭菜价格调低一些，他们就可以每周到这里消费四五次，这样人气就能旺起来。

饭店周边是办公楼和商业街，到“中国城”饭店就餐的大多是普通白领，而不是高消费人群。

找到了问题的症结所在，朱光然随即改变了经营策略，并采取了有针对性的切实措施。一是对饭店的消费群体进行了重新定位，对绝大多数的菜品进行了重新定价，针对工薪阶层的消费水准，许多菜品的新价位与原价相比，直接降幅达到百分之四十左右。二是为尽快消除由于豪华装修，给消费者带去的错觉影响，朱光然开始重视做推广宣传，在地铁站等人流密集区，以及电视台等大众媒体做广告。

改变经营策略的第二个月，第五家“中国城”饭店就打开了新的局面，实现了盈利。

26 国王的二公主到中国城饭店就餐

饭店的街对面，是巴塞罗那最大的银行——萨马兰奇银行分行，一街相隔，银行的职员经常来朱光然的“中国城”饭店就餐。

有段时间，经常见到一位举止不俗的神秘女士，身后跟随着五六个男女，一起到店里用餐。

在店里，女随从就与那神秘女士坐在同一桌子就餐，男随从们则坐在不远处的另一张桌子吃饭，相互之间从不说话，但男随从们的眼睛却从来不会闲着，随时关注着周边的情况……

店里的员工们，只是感到好奇，因来店里就餐的客人实在太多，大家伙都忙得团团转，谁也没去打听那神秘女士到底是谁？只是将之当成一般客人来接待。

有一次，另外两个与朱光然相熟的银行职员来店里用餐，和朱光然聊天时，无意间提起西班牙国王的二女儿 SOFIA，也在对面的银行里上班，她也常来“中国城”饭店就餐，用餐的时候会带着四五个保镖一起来。

朱光然好一阵激动！原来常来他的“中国城”饭店吃饭的，那位举止不俗的神秘女士，竟然是国王的二女儿！他的“中国城”饭店竟然受到了王室公主的青睐！

知道有国王的女儿到自己的饭店用餐，整个饭店都沸腾了。

SOFIA 再一次与她的保镖们，到“中国城”饭店用餐时，好奇的中国员工便拿出早已准备好的相机，请求和她一起合影。

国王的二女儿SOFIA很客气地，与要求跟她合影的饭店员工一一合了影。

只是，自那以后，她就没有再次来朱光然的“中国城”饭店就餐了。

朱光然在巴塞罗那闹市区的中餐馆，生意火爆，非但极大地吸引了老外们的眼球，也引起了众多华人的关注。很快地在他的“中国城”饭店的周围就开起了七八家中餐馆。

因为客源及经营的方法不同，这些饭店的生意普遍不是很好，各家餐馆饭店便以降低菜品价格等方式来抢夺客人，形成了恶性竞争。更有甚者，诽谤朱光然的“中国城”饭店使用老鼠肉，企图以此来贬低他饭店的声誉，毁了他饭店的牌子。

一些老客户就把外面听到的闲言碎语，直接跟朱光然说了。朱光然觉得好笑，说:“我们的饭店每天都得用上数百斤的肉类，如果使用老鼠肉，那还不得办一个老鼠养殖场啊？”

说着，他把长年以来每天从市场购买的肉类，包括猪肉、牛肉、鸡肉等等的票据，拿出来展示给客人们看。

人言虽然可畏，但事实胜于雄辩，谎言在他确凿的事实证据面前，不攻自破。他的诚信经营，反而赢得了更多新老顾客的信任。

朱光然还跟随中国驻西班牙领事馆，参与多位中国国家领导人的接待工作，连国家主席、国务院总理及其随访团队，都曾在朱光然的“中国城”饭店就过餐。

敢冒敢闯、胸怀世界的青田华侨在海外创业，让欧洲人刮目相看，他们不仅有不输于他人的心气，也有不输于他人的成就。即使没有其他先天上的优势，凭着一股脚踏实地、吃苦耐劳、奋力拼搏的干劲，也能闯出一条属于自己的成功之路。

27　日行千里的拼命三郎

朱光然由于家庭成分的原因，从小吃够了苦。他觉得人生的苦，不在生活艰苦，生活上他从不计较，只要吃饱穿暖就行。也不在工作辛苦，干活再累再苦，一觉醒来，他又是精力充沛，干劲十足。真正的苦，是思想上的苦闷，和精神上的压力。

尽管那莫须有的“老鼠肉”谣言，很快就已过去，也没有给朱光然的“中国城”饭店生意造成多少损失，但这件事留在朱光然心中的阴影，却久久难以消除，夜深人静之时，他常常为此苦闷。

到巴塞罗那的华人越来越多，开中餐馆的人也越来越多。竞争越来越激烈了，朱光然常常在思考：自己在海外除了开饭店，还能不能做点别的？到底做啥合适？

涉足商海以来，朱光然最不想看到的，就是“同室操戈”——同行间的恶性竞争！他总是要把眼光放长远些，千方百计另辟蹊径，开辟一番自己的天地。

当年做石雕时，遇上行业不景气，同行们都在压价销售，他主动放弃石雕去弹棉花。

甘南县柴油机厂一笔紧固件业务大单，曾经给他本人艰难的生活带来转机，也带动了周围其他人跑供销的热情，当十里八乡许多人一哄而上，都去跑销售分享紧固件业务蛋糕的时候，他又主动把目光投向了矿山机械。

出了国来到葡萄牙，同时期其他与他一样初到海外的淘金者，都是当

“提篮小卖”销售小商品，颇有市场销售经验的他，却去人家的中餐馆做吃力不赚钱的后厨，韬光养晦，为日后自己做餐饮业作长远的准备。

如今他的中餐馆，一家比一家开得成功，生意如火如荼，看到人家从羡慕到效仿，再到嫉妒，搞恶性竞争，甚至进行恶意攻击的时候，朱光然又要考虑将他的眼光投向别处。

经过一番深思熟虑的谋划，朱光然决定改做中餐馆食品材料，包括调味品的供应商。

他注意到，随着西班牙中餐馆生意的火爆，做中餐用到的原材料和调味品需求也在日渐增加，这或许将是一个巨大的市场。

这些原材料及调味品，主要来自东南亚国家，西班牙市场只有几个港商和台湾人在经营。也有来自祖国大陆的青田老乡做过这个生意，但都没能成功，偃旗息鼓了。

朱光然决心一试，便将“中国城”饭店交给太太打理，自己把主要精力投入到开“中国城”贸易公司上。

做过多年中餐馆老板，又有多年“采购员”经历的朱光然，对于贸易公司的货源组织有他自己的思路，他将货源采购地主要安排在祖国大陆地区，他觉得把祖国的农产品推销到国外去，让家乡的农产品出国，即便自己赚不到多少利润，也是一种报效祖国回馈家乡父老的举措，值!

朱光然首次回国采购，是到广州参加当时影响甚广的“广交会”。

在“广交会”上，朱光然广交朋友，结识了多位省进出口公司的负责人。

现场签订了一批出口单子：绍兴的老酒、酱油，宁波的榨菜、雪菜，丽水的竹笋罐头、粉干，金华的兰江味精。还有北京的桂花酒、二锅头，天津的玫瑰露、高粱酒，山东的龙口粉丝、青岛啤酒，广西的荔枝龙眼罐头，以及香港的李锦记调味品等等。

为丰富品种，他也进了一些东南亚其他国家的食品材料，如韩国的泡菜，日本的青酒，越南的粉皮，泰国的芒果、菠萝、红牡丹罐头等等。

紧接着，他在巴塞罗那市郊租用了一处仓库，在市中心著名的高迪教堂旁边，找到了一家店面房，开出一家“中国城”超市，做起了中餐馆食品材料和调味品的批零兼营生意。

朱光然明白，做食品生意，头等大事就是产品的质量安全问题，食品安全被查出问题，那就得重罚，然后就是关停倒闭。

遵守规则，诚实守信，是朱光然的做人本分，也是他多年以来驰骋商场大获成功的基础。他的“中国城”超市，所经营的所有食品材料，始终做到件件有认证，还必须确保在有效保质期内销售，一旦过了期，那是坚决下架销毁，做到毫不含糊。

由于重视产品质量安全，货物质量令人放心，货源又直接来自中国和少数东南亚国家，价格合理，服务周到，朱光然的“中国城”贸易公司的生意，迅速铺开，几乎做遍了西班牙的所有大中城市。他把西班牙各地分成若干区块，按周轮流向各个区块送货。

贸易公司的客户大多为华人，华人中又以青田老乡居多，对于一些处于创业初始阶段，资金紧张的老乡，朱光然就先给他们铺货，帮助他们开业，等他们生意有了起色，再收回当初垫付的货款。遇上个别老乡的店铺位置选择不好，又不善经营，开业不久就倒闭了，朱光然垫付的货款便只有打水漂，没法收回来。

做食品材料批发的过程中，朱光然遇到了一个问题：批发生意往往是以品种齐全占优势，由于当时祖国大陆的物流业还很不发达，集装箱运输途中，很多货品无法拼装在一个柜子里流通。要是每样货订一个柜子，又需要大量的流动资金，周期长了，食品还有个保质期的问题……

能否做到长远结合，一些用量大的大宗货品继续从祖国采购，而对于一些用量不大的小品种，则在欧洲另找一个采购点就近采购？这样既可丰富货源品种，还可缩短资金周转时间！

带着这样的问题，朱光然很快就打听到，法国巴黎的华人区正是他要找的理想之所，那里的食品材料市场，不但品种丰富多样，而且与朱光然在西班牙的批发价相比，还存在百分之三十左右的差价利润！

当年在巴黎餐馆打工的时候，朱光然就听说过巴黎有个“华人区”，那里集中居住着十几万名华侨——因印度尼西亚“排华事件”，导致许多旅居印尼的华侨涌向香港，成为“难民”，在法兰西驻港领事的建议下，法国政府接收了他们。

这批“难民”中的许多人是携带了大量的黄金和美金，移居到法国的，到了巴黎后，政府还给予他们许多扶持。这批“难民”集中居住的地方，很快就变成了一个比较富裕的知名度不低的“华人社区”。

这华人区还是个商业繁荣商品齐全的“商务区”，倒是朱光然之前没听说，和没想到的。

商业天赋极高，又经过商海多年摸爬滚打的朱光然，不会轻易放过任何一次机会！

通过几天的调研考察，他脑子里的思路渐渐清晰起来：从法国巴黎华人区，进一些“小品种”来充实自己在巴塞罗那“超市”的货源，丰富西班牙的供应市场；同时也将自己西班牙仓库里，一些从祖国大陆进口的大宗货品，向巴黎华人区的批发商销售。

两个市场一起做，实现两头盈利！

从西班牙巴塞罗那到法国巴黎，有一千三百多公里的路程，货物运输往来，朱光然还是把节约成本，提高效率，实现利润最大化，放在首位考虑。他就自己一个人，一辆厢式小货车，依靠拼命三郎般的拼劲，三天两夜里，干完其他人需要一个小团队才能完成的，货物来回一趟运输以及装卸等全部的活。

他具体是这样安排的：白天将需要运往巴黎的货物，按清单一件件装上车，然后算好时间，连夜出发，开完一千三百多公里的路程，赶在次日巴黎的客户上班之时，在旅法好友林云康的陪同下，把货一一送到华人老乡们手中。

然后，开着空车去采购拉往巴塞罗那的货品，等到采购、装车完毕，夜幕又已降临，他又只身一人连夜返程。

行使一千三百多公里之后，车到巴塞罗那，又是新的一天的早晨。卸了货，还得根据需要，将货品一件件摆到超市的货架上。

如此往返一趟，朱光然的连续工作时间，差不多就是三个白天和两个晚上！

像这样的进、出货，接、送货，通常每个月至少一趟。

一人顶几人，如此超强度的工作！不分白天黑夜，三天两夜不休息，简直就是玩命的节奏！

身在其中的朱光然自己倒没觉得什么，家人与朋友却是人人在心里替他捏汗。

若干年后回想起来，朱光然才不由得不为他自己昔日的拼命行为感到后怕——假使路上稍有闪失，后果是多么不堪设想啊！

尤其是在夜间，一人通宵行车，也没个说话的伴儿，瞌睡像苍蝇蚊子般缠着他，让他难以驱赶。实在累得不行了，也只能把车停靠在路边，趴在方向盘上打个盹儿。有时到了加油站或者服务区，就连续喝几杯咖啡提提神，再继续赶路。

有好几次在险情中惊醒，发现车子前轮的大半个轮子都悬在了空中，想想都心颤冒汗。

由于进、出货的时间，都是事先经过严密计算的，一环一环都卡在点上，路上还不能多停歇——也多亏当年欧洲的交警还没有对疲劳驾驶进行严格管理。

朱光然的事业风生水起，让许多老华侨都感到惊讶：他来西班牙才多少时间呀，为何事业发展能有如此之快？

不久，一些青田老乡又开始由眼红到仿效，跟着做起中餐馆食品材料批发生意。

做的人多了，又难免出现争相压价的恶性竞争。

由于恶性竞争和供过于求，不少批发商又因此做了赔本买卖。

28　总领事说他是民间大使

巴塞罗那足球队风光无限，西班牙的每一个人脸上都洋溢着骄傲和自豪！

1992年7月25日至8月9日，在西班牙巴塞罗那举行的奥运会，是西班牙人狂欢的节日。

申请主办本届奥运会的城市还有法国的巴黎、荷兰的阿姆斯特丹、澳大利亚的布里斯班、英国的伯明翰和南斯拉夫的贝尔格莱德。在激烈的竞争中，最终巴塞罗那赢得了主办权。

巴塞罗那是时任国际奥委会主席萨马兰奇的故乡，是素有“地中海明珠”之称的国际旅游胜地。历史上巴塞罗那曾申办过1924年、1936年和1940年的三届奥运会，但均未成功。因而，他们非常珍惜这次机会，决心在国际奥委会的支持下，举办一届历史上最成功的奥运会。

巴塞罗那奥运会的经费预算及总投资超过了莫斯科和汉城奥运会，达到了九十六亿美元。其中扩建国际机场、兴建高速公路等设施占了三分之一，其余主要用于体育场馆的修建和场地整修，大会开始前各种场馆设施均达到了现代化的国际标准。

庞大的中国体育代表团，以及比运动员多出许多倍的球迷和啦啦队成员，来到了这个欧洲古城，大规模的接待工作让中国驻巴塞罗那总领事馆罗总领事十分犯难。

总领事馆工作人员本来就不多，一下子涌来这么多来自祖国的客人，接待与服务方面都遇到了很多困难和问题。

总领事罗道光和朱光然私交不错，平常总领事馆有什么活动，都会请朱光然去帮忙。

在一些传统节日来到的时候，总领事馆都会搞些活动，把在巴塞罗那的华人集中起来联欢，以解他们对祖国对家乡的思念之情。

只要总领事馆搞活动，朱光然都会积极参与，有时还会带着自己的厨师团队和食品材料到总领事馆去做“义工”。

总领事馆遇到了这么大的接待困难，朱光然自然要主动做好配合工作。除了动员亲朋好友，他还利用自己在华人圈的人脉关系，组织了一批当地知名华人华侨，建立了志愿者服务队，承揽了大量的接待工作。他们热情招待来自祖国的运动员教练员，用实际行动给中国队加油助威。

有些运动员在巴塞罗那吃不惯西餐，华人华侨知道后，就让厨师们做好可口的中国饭菜，送到运动员住地奥运村，让他们在异国他乡吃到家乡的味道。

运动员们深深感受到了，广大海外华侨的爱国热情，让他们在比赛中增添了精神力量，使他们顽强拼搏，勇夺冠军，让五星红旗一次次在奥运赛场升起，中国国歌一次次在巴塞罗那上空唱响。

在第二十五届巴塞罗那奥运会中，中国队获得了十六枚金牌，二十二枚银牌，和十六枚铜牌的好成绩。

运动员每取得一枚奖牌，朱光然都要在西班牙的华人圈里奔走相告，他为中国运动员取得好成绩而骄傲，也为自己是一名中国人而骄傲。

总领事罗道光见到了朱光然，常常半认真半玩笑地说：“我是国家派来的大使，你却是名副其实的民间大使。”

这些活动进一步激发了朱光然的爱国思乡之情，也让他开始思考报国报乡之路。他主动寻找机会，热衷于在中国与西班牙两地政府之间，做牵线搭桥工作，促进中西投资贸易和友好交流。

他一次次往返两国之间，安排接待双方互访代表团。一次次参与牵线推广，真正发挥了“民间大使”的重要作用。

朱光然为两国间友好交流与合作，热情主动积极奉献，得到了中国和西班牙政府的赞扬与肯定。

1996 年，中国国家主要领导访问西班牙加泰罗尼亚自治区，朱光然受到国家领导人的接见，并参加了西班牙政府为中国国家领导安排的招待宴会。他是受邀的三位华侨代表中的一位。

2001 年，朱光然再次受到国家领导人在西班牙访问期间的热情接见。

29 踏上故土做进出口贸易

朱光然移民西班牙多年，特别是在巴塞罗那经营“中国城”饭店的时候，结识了许多西班牙当地的朋友。

有位太平洋银行的经理，经常到“中国城”饭店用餐，一天他说到他们银行有位重要客户，想到中国采购商品，问朱光然能不能在中国这边给他提供一些帮助？

此时朱光然还在做食品材料批发，正为同行间搞恶性竞争而深感烦恼，准备另谋发展，又苦于一时没找到好的出路。

听到银行经理的话，朱光然有些激动，觉得这也许又是一次让他实现转型的难得机会，便要求银行经理尽快安排他与这位西班牙客商见面。

西班牙客商叫鲁格利格（Alejandro），是一家水暖集团的董事长，从事五金水暖进出口业务多年，他打听到中国玉环有许多做管道阀门的企业，希望前去做些采购考察。

朱光然得知后甚为兴奋，自己老家在浙江青田，玉环与青田同属浙江省，两县间距离还不远，算得上比邻。他想要是鲁格利格先生能跟玉环做上生意，不等于跟自己的家乡做上生意吗？朱光然不但爽快答应鲁格利格先生，帮助他与国内联系，还愿意陪他一起到玉环考察，内心里还产生出一种希望与之合伙，共同来做水暖设备进出口业务的欲望。

玉环位于中国浙江东南沿海黄金海岸线中段，介于宁波、温州两个开放城市之间，拥有二百九十八公里的海岸线，境内有浙中南及闽北沿海知名的集装箱深水良港。

改革开放以后，玉环由一个以农业和渔业为主的落后海岛小县，变成知名的制造业基地，成了经济强县。

从制造业方面看，玉环既是知名的炊具、缝纫机、摩托车汽车配件生产基地，也是当时全国最大的低压铜制阀门生产和出口基地，重要的水暖洁具生产和出口基地，被誉为“中国阀门之都”和“中国五金建材（阀门）出口基地”。

朱光然与鲁格利格先生，是在1992年的一个夏日，一起到浙江玉环县农机厂进行考察的。

那时中国的交通及其他一些基础设施都还相当落后，西班牙到中国上海、杭州都还没有直飞航班，朱光然一行需要经香港转机才能到达杭州。

从杭州军民合用的“笕桥机场”下了飞机，朱光然一行改乘出租车。

说起来从杭州到玉环，路并不算太远，也就三四百个公里，由于交通条件落后，常常要翻山越岭，山高路陡，路面坑洼，出租车颠簸得很厉害。鲁格利格先生一路咿里哇啦乱叫乱嚷，十几个小时后的深夜方才到达玉环县城。

整个玉环县城没有一家像样的宾馆，县政府招待所是外地来宾的首选。房间里没有卫生间，解手需要到外面的公厕去，洗脸刷牙也要去找公共浴洗间。

洗澡的时候，朱光然自己倒没什么，光着膀子在公共水龙头底下随便冲洗。鲁格利格先生却是极不习惯，他无法适应这种“粗俗”行为，需要用脸盆在水龙头底下接满水，然后晃荡着，端回房间用毛巾擦洗。他说他实在“不想让人看耍猴”。

玉环虽然已是名气不小的制造业基地，但企业还是以家庭作坊为主。

朱光然和鲁格利格先生前去考察的玉环县农机厂，是一家县办集体企业，也就算是境内最大的企业了，可生产的产品质量档次还是非常低，唯一的优势在产品价格上。在价格优势的吸引下，鲁格利格先生皱着眉头，勉强与该厂签订了一份采购合同。

第一单产品交付验收，颇令人失望，产品质量差距很大，鲁格利格先生不得不将已经到达西班牙的中国产品，进行重新组装，再经检测合格后，出货给他的代理商专营店。

玉环县农机厂有位叫杨萧川的员工，他得知厂里接到西班牙客商的订单，量很大，但首批交货令老外有些不满意，就想让他的弟弟去分点单子试试。

杨萧川的弟弟叫杨根道，在自己家里办了个小厂，虽然规模不大，设备简陋，但私有企业比集体企业机制更活，便于管理，提升质量有时反而更加容易。

让杨家兄弟俩伤透了脑筋的是，怎样才能分到这个单子？直接从县农机厂分单子，几乎是不可能的，即使分到了，利润也要被厂里提成。

鲁格利格先生是外商，陪同他来的朱光然是华侨，兄弟俩并没有在涉外部门做事的朋友，只能朋友托朋友，最后通过浙江五矿公司一位好友的介绍，联系到了浙江省侨办的李处长。再经李处长的牵线搭桥，杨家兄弟中的杨根道，在西子湖畔的华侨饭店与朱光然见上了面。

杨根道的生产作坊（今台州隆大铜业公司的前身），厂房是破败的工棚，四周的墙用土砖所彻，房顶为木梁所架，石棉瓦铺盖。十几个工人，用的是手动仪表车床，设备十分简陋。生产方式落后，在地上翻砂出炉，从砂模中一个一个倒出铸件，再加工。产品质量很差，没有标准，更谈不上规范。

眼前的一切，让与朱光然一道前去厂里考察的，西班牙客商鲁格利格先生大失所望，他嘴里头不停地说着“No”字。

但朱光然是有意要撮合，他出国前曾经多年为这样的小作坊推销过产品，也可以说是靠推销小作坊的小产品起的家，他知道因为小作坊落后所以潜力反而大，潜能无限。

杨根道的小作坊生产的产品价格更便宜！抓住这一优势，朱光然三番五次从中做工作，他的合伙人鲁格利格先生，才试探性地给杨根道的小厂下了一份小订单。

朱光然明白类似于杨根道这样的小作坊，使用手工翻砂原始落后的工艺，生产的产品是很难达到标准化和规范化要求的。为吸取玉环县农机厂首批供货的教训，朱光然又说服了鲁格利格先生，让西班牙公司派出技术工程师，到杨根道的厂指导他们改进设备，进行技术培训，帮助他们规范加工工艺，使企业渐渐走上规范化生产轨道，产品的质量标准达到欧洲市场要求。

鲁格利格先生给的订单不断增加，杨根道的小作坊规模不断扩大，双方的合作关系不断深化。

1995 年，鲁格利格先生和朱光然直接投入资金，与杨根道一起成立了中外合资浙江台州隆大铜业公司。

合资后，买了几十亩土地，工厂重建了钢构的欧式标准厂房，所有设备都有了更新改进，手动仪表车床变成了，从几十吨到几百吨大小不等的，由数码控制的精密机床，原始的手工翻砂改成了铜棒“混冲”。并逐步发展到多工位自动电子车床，建成现代化的制造业企业。

杨根道诚实守信，善于经营，带着隆大铜业走上了发展快速道，使它从最初几个人的小作坊，发展到员工数百人，占地三百多亩的多元化集团公司。公司进出口产品涉及医药、保健、婴儿车等众多领域，1999~2002 年四年间，每年为政府创造税收分别达到一千七百多万元、三千五百多万元、五千多万元和八千多万元。连续多年被评为浙江省优秀侨资企业，被当地政府评为百强企业及纳税大户。

看到杨根道的“隆大”由于攀上“高枝”而迅速成长，台州的其他一些阀门企业也找到朱光然，想通过更多的利益与朱光然达成私下交易，从而达到由“隆大”分得“一杯羹”的目的。可朱光然从不会因眼前利益而失掉做人与做事的基本原则。

随着中国改革开放的不断深入，各地的卫浴设备生产的迅速发展，朱光然又把目光投向了广东。

广东开平水口镇的水龙头生产渐成规模，并且与玉环相比，那里的产品性价比更高。

朱光然一行来到小有名气的卫浴产地水口镇考察。走在大街上，街道两旁密密麻麻的，几乎全是做水龙头的企业及其门市部。选择了几家进去做了一番考察，都因产品质量太差，引不起外商的兴趣。

最终，一行人在一家叫“华艺”的门市部前停下了脚步。

门市部很有规模，展示区布满各种产品。门市部的底下还有地下层，当组装车间使用。“华艺”的老板叫冯松展，见朱光然一行到来，连忙放下手里的活，向客人详细介绍他们的产品及企业生产情况。

经过深入了解，发现产品的质量还是达不到欧洲的标准，不过有了与台州“隆大”合作的成功先例，通过朱光然的努力，最终达成了合作协定，协议要求“华艺”进行工艺改进，由外商派出工程师前来做技术指导，进行技工培训，帮助质量把关。

有了外方的订单保障，“华艺”得到了快速发展。

1997 年，朱光然和西班牙客商又给“华艺”注资，与冯松展合资建立“开平欧标水暖器材有限公司”。

短短几年间，通过不断更新设备，完善生产工艺，企业生产规模迅速扩大，产品质量不断提升。

今日的“华艺”已经实现“机器换人”，发展成为年产值十多亿元，为当地政府创造税收一亿多元的集团化企业。

30 百万元买个教训

朱光然的投资也并非都是一帆风顺。尽管他的投资，是带着一种回报故土的爱国情怀的投资——并非只是单纯作为商人，纯粹为了追求投资效益的投资，个别人还是利用他的厚道和宽容，见利忘义，让他的投资有去无回，打了水漂，回想起来不免让人心寒。

在西班牙做餐馆的时候，朱光然和中国台湾丽丰公司有过业务往来，曾向该公司订过一批挂历，感觉到该公司信誉不错，供货及时，产品质量也有保证。他始终认为两岸同胞一家亲，都是华夏儿女、炎黄子孙，同胞之间骨肉相连，理应真诚合作，共同发展。在他看来，帮助台湾同胞销售产品，同帮助大陆同胞销售产品，意义是一样的。

为保持与中国台湾丽丰公司的协作关系，朱光然和该公司的业务员，一次性签订了三个货柜的“纸藤挂历”，拟作“中国城”饭店1993年度的新年馈赠礼品。

挂历最要紧的是时效问题，必须赶在新的一年到来之前送到客户手中，否则就失去了应有的价值，成为废纸。

然而，这一次朱光然向“丽丰公司”所订的挂历，居然就是无法在年内到货，公司还开出了假信用证托收，让朱光然提前付了三万多美金的货款。等到货柜抵达西班牙，不但元旦早过了，连中国的农历年——春节也过了，三个货柜的挂历全成了废纸。

商场如战场。

朱光然中招受害的，还不仅仅是上述这一次。

甚至连他在广东江门的亲戚，也欺骗了他。

亲戚是退了公职下海经商的，能说会道，口才很好。一次，这亲戚给朱光然提供一条信息：在他们那里发展生态农业很赚钱，前景非常不错。

他告诉朱光然，他正在计划投资一个立体性的种养殖项目，打算租下一大片田地，挖几个鱼塘养鱼，用塘里挖出的泥土筑堤，然后再在堤上建猪圈养猪和种植水果，用猪的粪便给果树施肥和喂鱼，从养猪、养鱼到种植水果，就形成了生态循环的绿色经济产业链。

项目预算总投资为一百二十万元，只要项目能够按时推进，两年内收回成本，那是一点问题都没有的。

亲戚邀请朱光然参与投资，让朱光然投资六十万元，占百分之五十的股份。其他百分之五十股份——六十万由他和他的两个亲侄子投资。

朱光然之前是听说过，在我国的珠江三角洲地区，有种叫“桑基鱼田”的高效人工生态种养模式的，那是为充分利用土地而创造的“深挖鱼塘、垫高基田、塘基植桑、塘内养鱼”的生态农业系统。朱光然觉得亲戚再三向他推荐的项目，除了种桑、养鱼，还有养猪，应是更加完善，更为高效的生态系统，投资回报应该更快。向他推荐项目找他合伙的是他的亲戚，理应不会诓骗他，于是很快做出参与投资的决定，投入了六十万元。

同时，亲戚称自己一时资金周转困难，朱光然又借给了他个人十万元。

资金刚投入时，亲戚称他们的项目已经按计划启动，养猪场已破土动工，鱼塘也已挖好。可之后很长时间过去，他却从未向朱光然通报过生产经营情况，也没有提供过任何财务报表和资金明细账。

一次，朱光然到广东出差，亲戚和他的侄子去机场接他。车上，朱光然提到种养殖项目的事，说想抽点空去养猪场看看。

亲戚的侄子着急了，他用广东话问他叔叔：“项目搞成这个样子，朱先生要过去看，我们将怎么交代啊？”

亲戚本人却是不慌不忙地说：“没事的，你一点都不要慌乱，我自有应付的办法！”

项目原来并没有按计划推进，他们的股份根本就没有投入，连朱光然汇给亲戚的七十万元，都还是大部分被挪作了他用。

他们并不知道朱光然是能够听懂广东话的，在用广东话的交谈中把项目的一些真实情况，无意中向朱光然透了底，穿了帮。

朱光然知道自己是遇上了真骗子，便气呼呼地一人回到宾馆休息。

晚上，亲戚提着个塑料袋来宾馆找朱光然。塑料袋里装的是一堆乱七八糟的财务白条，个别数额不小的支出账目，甚至就记在从旧香烟盒子上面撕下的纸片里。整个塑料袋里找不到一张正规的发票，连最起码的现金进出流水账本都没有。

朱光然简直气炸了，责问道：“你拿出这么一堆白条，到底是什么意思？我七十万块钱，就换你一堆白条？没有每个月的经营报表，没有最基本的流水账本！有你这样做人的吗？你是不是一开始就在成心骗我？”

亲戚非但没有觉得自己理亏需要认错，也没有感到羞愧害臊，还跳将起来，耍起无赖，没好气地对朱光然说：“对，我就是这样的人，我就这个样子，随便你怎样看我啦，怎样看我是你自己的事！”

遇上这样的无赖，朱光然只能自认倒霉，只怨自己当初认错了人，看走了眼，对这样的亲戚缺乏真正的认识，也没有对之吹得天花乱坠的项目，进行过应有的风险评估，甚至连最基本的考察调研都没有做——自己太轻信于他了，只能自食其果，留下惨痛的教训！

回想起来，朱光然比让人挖了心头肉还要难受。

七十万元买个教训，这个代价实在是太大了啊！

当时江门市区的房价，才七百至九百元一平方，每套房子按一百平方计算，七十万元都能买到十套商品房了呀！就这样丢到了水里打了水漂，仿佛连个声响都没有！

亲兄弟，明账目。这是古训，也是朱光然坚守的人生信条。上了这么一次当之后，朱光然再也不愿意，跟那些搞“糊涂账”的生意人，结交与合作。

他常常教育他的子女和身边人，一定要严守“亲兄弟明算账”的做人规矩。兄弟也好，朋友也好，合作办公司，合伙搞经营，一定要把账目记清楚，算清楚，让大家明白。明白了才能不会有异心，不会猜疑对方，不会有矛盾。这样，合作才能久远，朋友才会长久。

31 曾经灾难深重的父亲意外过世

噩耗传来的时候，朱光然正在国内的长春市出差。老家好友给他来电，说他父亲在医院出事了。

父母亲是从西班牙回国探亲的，朱光然替他们订了来回联程票，返回西班牙的时间，过两天就要到了，好端端的一个人怎么会出事呢？

朱光然不相信这是事实，可老家好友的话又是毫不含糊，语气也是不容置疑的：你父亲在医院出事了！

他只能马不停蹄往回赶。

赶到医院，得知是医疗事故致使父亲失去了生命，朱光然悲痛欲绝，趴在冰冷的水晶棺上痛哭。

父亲知道要坐飞机去西班牙，空中就得十几个小时，难免会累，想着给自己补充一点营养，增添一点体力，便独自一人跑到医院去打点滴。

父亲希望医生给他开一剂缓解疲劳的针剂，医院值班的医生就给他开了一针。

据事后了解，这种针剂的注射操作是有特别要求的，通常情况下给老人注射一针，得需要几个小时。注射过程中，还需要时刻注意观察病人的反应。

因开药的医生没有对操作护士讲清楚，注射过程中的注意事项。注射操作的护士，也许压根儿就不懂得具体的药理情况，也许是懂一点，但由于不负责任——她只用几分钟就将那针剂注射完了，致使老人当场休克、死亡，无法抢救。

父亲一生含辛茹苦，二十年怨狱，历尽磨难，好不容易熬到幸福日子，竟然出了这样的意外！

谁也无法接受这样的事实。

母亲哭得死去活来，几次晕厥过去。

家人及亲朋好友都从天南地北赶了回来，许多人简直失去理智，情绪异常激动，吵着闹着要向医院讨说法，要求对不负责的责任医生，包括护士追责，还有人说至少得一命抵一命。

医院派出了和谐谈判组，一再向朱光然一家表示愧疚和道歉。接着反复跟家属们解释：青田是侨乡，出国的人多，医务队伍不稳定，影响到医务人员的业务素质和医院的整体医疗水平。他们诚恳希望家属能够理解医院的难处，原谅医院的过失。

父亲的突然离世，给朱光然带来的悲痛自然不会比其他家人和亲朋好友轻，对于医务人员粗心大意的医疗作风，他也深感不满和愤慨。但痛定思痛，朱光然还是觉得气愤和吵闹终究解决不了什么问题，人死不能复生，对医生作再严厉的追责处理，又有什么用呢？

他只希望具体当事人能认真检讨，希望医院能及时总结经验教训，以此为戒，制定更加严格的规章制度，杜绝类似事故的再次发生，不再给其他病人及其家属造成同样的伤害与痛苦。

对于朱光然的宽宏大量，家人还是很不理解。甚至有人责怪他不孝，胳膊肘子往外拐！

朱光然只好反过来做家人的工作，他说：“人死了无论怎样也复不了生，一命抵一命又有什么用，能让老人家生还吗？”

朱光然求的只是一个理字，他说只要是非搞清楚了，得饶人处且饶人吧！

一场医疗事故引发的风波，就这样平息了。

朱家没有向医院索要一分钱的赔偿。

32　在合肥投资出租车公司

上海有位大学教授叫何守财，他在巴塞罗那考察期间，钱物和证件全被小偷偷了，无奈只好向中国总领事馆求助。

总领事馆的陈总领事与朱光然非常相熟，他就像向手下工作人员交代工作事项，把帮助何教授补办护照等证件，以及照顾他在西班牙生活的任务，交给了朱光然。

朱光然将何教授接到自己的饭店，安顿好了吃住，然后又去巴塞罗那领事馆帮助他办理了临时护照。

一切手续办理妥当之后，还主动替他买好了回国的机票，亲自开车送他到机场，目送着他登上回国的班机。

在异国他乡，受到素昧平生的朱光然如此热情的帮助，何教授甚为感动。

此后不久，朱光然到合肥办事。何教授得知后，特意嘱咐自己的内弟邓石如帮忙接待。邓在政府部门，当时情况下，外资还属于稀罕物，有关领导得知后热情地向朱光然介绍合肥市的招商引资政策，希望朱光然自己并带动其他西班牙客商，前去合肥市投资。

有关领导，甚至有了具体提议，在政策允许情况下，请朱光然与某部门联合投资，办一家合资的出租车公司。

朱光然觉得这提议非常不错，汽车出租在国外由来已久，在国内还属新兴行业，前景一定可以，而且还能与有关单位合作一起来办，肯定吃不了亏。

朱光然拉上了朱炳勋和陈志荣两位好友——也是在巴塞罗那创业的青田籍侨领，参与了投资。

中外合资的“合肥富安出租车有限公司”，很快就成立了。朱光然等三位海外华侨每人占20%的股份，合肥市两家单位各占20%的股份。

富安公司上报审批两百辆出租车，首批购买六十辆昌河小面包投入试运营，由两家合资单位的车队长兼任公司领导，负责具体业务管理，朱光然作为外资投资方代表，不参与具体事务。

公司运行一年，效果相当不错，可以说达到了社会效益和经济效益双丰收。当时市区道路上还没有摄像头，公司里的每一位出租车司机都是能提供社会面信息的“千里眼”和“顺风耳”，为公安机关破案提供了方便，促进了社会治安管理，深受社会好评。

可是，正当各方打算追加投资，来完成余下一百四十辆出租车的投放计划的时候，为规范经济秩序，国家有了新规定：行政事业单位、学校、部队等一律不得参与公司化营利性经营。

在此政策背景下，合肥富安出租车有限公司只能实行改制，朱光然等三位外资股东退出了公司。

做投资，朱光然算得上是一个精明之人，特别是在吃过了一些亏，有过了在广东投资损失的教训之后，“吃一堑，长一智”，不管做什么项目，与什么人合作，在开始之前，他都要坚持理一下思路，做一个项目计划，进行项目评估。需要投入多少资金？多少人力？工期多长？最终能达到什么结果？有多少收益？有哪些风险？不可预知的因素有哪些？

效益大风险小的项目，他就去试，如果风险大效益小，他就尽量不去碰，免去人力、财力、时间方面的损失。他觉得一些朋友间合作的项目，就是因为起初缺乏深入的考察与分析，对风险没有足够的评估，也没有一个详细周到的计划，合作经营过程中又是管理混乱，甚至账目不清，结果亏损就不可避免，非但赚不到钱，还伤了合作伙伴间的感情。

在与合肥两家单位合作办出租车公司，事前他是经过深入的调查研究，有过详细的项目分析，周到的项目计划和风险评估的，但对于国家政策调整方面，他却是怎样也不曾预料到的。

33　甘当促进中西友好交流的民间大使

在与合肥市有关部门单位生意合作期间，合肥市的主要领导找朱光然谈话，希望他帮助牵线搭桥，让合肥市与西班牙的某个城市缔结友好城市。

此前，朱光然曾经甘当“民间大使”，经过三年多时间的努力，促成吉林长春市与西班牙的赫罗那市结成了友好城市。

朱光然也知道高瞻远瞩的领导，想通过对外交流合作，来促进本地经济发展的心比较迫切，就把市领导的任务一口应允了下来。并且，很快在心中有了谱，找到了比较匹配的西班牙莱里达市——莱里达市种养业发达，农产品加工做得较好，还有西班牙最大的种子公司；合肥市的农业比重也比较大，也有我国知名的种子公司——丰乐公司，两市的特点和优势，有许多相同之处，定能通过相互交流，促进相互发展，共同提高。

朱光然非常乐意做这个牵线搭桥工作，有人将他称作“民间大使”，他甚至非常珍惜“民间大使”这个荣誉。因为他觉得中国与西班牙两国之间，在经济、社会和文化等诸多方面，存在着太大的差异，且各有所长，各有所短，理应多加交流，取长补短。

促进两国间交流，有两国政府官方的专门机构，也缺不了像朱光然这样热心的“民间大使”。

他牵头组织并亲任会长的，有西班牙工商人士和政府官员参加的，“西中友好投资促进会”，其主旨其实也就是促进两国间的友好交流与合作，他觉得促进两国间的友好交流与合作，实在是太有意义了，这是符合两国政府和人民共同利益的大好事。

譬如交通管理方面，彼此就有许多值得对方借鉴的地方。

中国造桥挖隧的水平比西班牙强，交通条件已经不比西班牙落后多少，人均车辆拥有量没有西班牙多，但路上行车却没有西班牙顺畅。

欧洲人就不习惯于在中国的道路上驾车，他们适应不了。

其实是中国人开车没那么规范，常常直行的车需要停在那里，等让岔道上的来车先过。有时那些从岔道横冲出来的车辆，速度还比直行的更快，要不小心避让，事故就不可避免。

在中国的道路上行车，越是堵车，人们往往心里越着急，都习惯抢道争先，各不相让，最终把道路塞得满满的，堵得死死的，无法通行，只等交通警察来疏通。

平日里，哪怕是在高速路上行车，有人一旦上了超车道就不肯离开，还有时两辆速度相近的车辆，占着两个车道长时间并行，让后面的车辆无法超越。

有人频繁变道，却从不打转向提示灯，让后面的人常常猝不及防。

在西班牙人们的礼让行车就做得挺好，在高速路上，基本不会出现驾驶员一直占用超车道的情况，货车一般不超车，小车超越了前车之后，很快就会自觉回到原来的慢行车道。行走在前面的车子，一旦发现后面的车子比自己速度快，就会主动靠边让道。

随着改革开放的不断深入，中国的发展也在一天天加快，国内的交通基础设施在许多方面都已优于欧洲，但道路堵塞问题仍然较为普遍，朱光然觉得主要原因，还在于人的文明素养上仍然存在着差距。培训考证不够严格，新手上路多，一旦遇上一点轻微刮擦之类小事故，处理起来也很不容易，往往喜欢争执，难以自我协调，非得等交警到场。

在西班牙，遇上交通事故，只要不涉及人员伤亡的，双方驾驶员都会很冷静，拍个照，然后把车辆移到不影响其他人通行的地方，大概画出车辆相撞或者擦碰的现场简图，再根据自己车辆《保险单》中的地址，向保险公司报险，其余就是各自所投保的保险公司的事了。

再譬如西班牙教育的理念和方式，与中国就有着许多不同之处。

西方人从小就教孩子自立，孩子的衣服鞋子，从小就要自己穿。自己能独立完成的事，都得自己独立完成。

为从小养成孩子的好习惯，三到四岁的小孩外出，家长也要让他（她）背上一个小背包，即使是空的，也要背着。

从小吃饭就不能让大人喂，还必须“光盘”，不能有剩菜剩饭。

有一次，朱光然应邀到老外朋友家吃饭，见到朋友家里有个四岁的小孩子，用餐的时候，留有一点点剩饭。朱光然的好友——孩子的父亲就当着朱光然的面教育起孩子，跟孩子说：“孩子，你知道吗？在咱们这个地球上，有一大片叫非洲的大陆，那里还很穷，小孩子饿着肚子，连最起码的饭都吃不上，而咱们有这么好的饭菜，却不把它吃完，这样是不是太浪费了？”

听了他父亲的一番说导，那小孩不但将剩饭吃了，最终连盘里的汤汁也一点都没有留下。

而在国内一些生活富裕了之后的家长，喜欢处处惯着孩子，特别是进入了独生子女时代之后，四五个大人围着一个孩子团团转，将孩子当太子、公主来供养。上幼儿班，甚至都上小学了，吃饭还是靠大人来喂，书包还得由大人来背，连双袜子也得大人帮着穿。

什么事都不让孩子做，害得孩子从小养成一切依赖大人的坏习惯，到了大学还是缺乏自理能力，有了工作，走上社会，仍然自立意识淡薄，无法独立生活，甚至成了一辈子的“啃老族”。

在西班牙孩子上小学、中学，课业负担很轻，学校主要培育孩子的德、智、体、美等各方面素质和生活能力。学生一般没有家庭作业，大部分时间是自由支配。

学知识，主要靠大学期间，入大学很容易，毕业却是不容易，实行“宽进严出”，学生学分不够或者毕业论文写不好通不过，就毕不了业。

没有毕业只能先就业，一面继续去考，等到考够了学分，通过了毕业论文，才能补发毕业证书。

国内的中小学生，却让课业负担压得喘不过气来，书包沉得需要带轮子推（也难怪一些家长要代劳），回到家里就是做作业。

生活富裕之后的家长们，望子成龙望女成凤心切，还要千方百计让孩子参加这样那样的补习班、兴趣班，为之“加餐”，使孩子就像一个小奴隶，起早摸黑，从早到晚，哪怕星期六星期天，也不得一点儿空，不得自由，失去了孩提时代的童趣，没有半点幸福可言。

上到了大学却变得轻松了，混个大学文凭很容易，极少有不毕业的。

在国外生活多年的朱光然也感觉到，国内的教育似乎进入误区了，应该学习一些国外的先进理念，从小就要教育孩子们做家务，学会自立，学会交往，否则将来长大了到了社会就会适应不了，不知该怎么面对生活。成家立业之后，如果夫妻俩人都不会做家务，生活就会很麻烦，吵架的事自然就会多。

然而，欧洲的教育也不是什么都好，西方人有时只讲法律，也讲得有些过了头，让人觉得缺少一些温情。

朱光然有个邻居，夫妻俩都是青田人，在西班牙打工，两口子有个十来岁的孩子在老外的学校里上学。

孩子比较调皮，不怎么懂事，小两口气急了的时候，常会教训一下孩子。老子打小子，这在国内是天经地义的最平常不过的一件事情，可老外看来这就是“家暴”，是违法行为，必须予以追究。

学校老师得知他的学生遭到了“家暴”，就一再鼓励学生起诉自己的父母。

邻居的孩子，真的听从了老师的教导，将他的父母告到了警察局。

案子最终到了法院，法院判令解除了邻居两口子与孩子间的监护与被监护关系。

小两口还因此被驱逐出境，离开了西班牙。

等到他们有朝一日重新回到西班牙的时候，他们的孩子已经改由他人监护，在法律意义上，小两口再也无法与他恢复父子、母子关系了。

这简直就像一场闹剧。

再譬如西班牙的企业。西班牙也像咱们中国一样，有很多家族企业，但他们的家族企业并不是实行简单的“家族化”管理。并非家族里头的人就可以去家族企业工作，而是根据管理制度，严格按照岗位职责招聘员工，让专业的人做专业的事。

你是家族里的人员，但你不符合企业岗位要求和应聘条件，也不能进入企业工作。他们只坚持一个理由：企业不养闲人！决不看人际关系。

员工家里穷，企业可以救济，但不能一味照顾，家族人员也好，外聘人员也好，一律照章办事。遵守企业规章制度，就像遵守国家法律一样，人人平等，不可私心，没有什么人情好讲。

这些也许就是国外的一些家族企业发展得这么好，树立起众多“百年”品牌的原因所在。

国内有些家族企业，就因为“唯家族化”，只讲亲情，不讲制度，没有按照公司的规章制度、工作流程、岗位职责、财务规范等等来操作，所以发展得快，倒闭也快。

西班牙对个体企业的管理也很严格，各行各业都要遵守国家法律，严格按照质量标准来经营。从业人员都要申请职业证书，比如理发的，做泥工、水电工的，都要申请与理发匠、泥工、水电工等方面相对应的从业资格证，佩证上岗，这样才能在文件上签字生效，没从业资格证书就没有签字资格。

西方人做企业搞经营，还有一种特别强的“工匠”精神。有的家族企业几十年上百年就做一个产品，也有的家族几辈子就开一个小饭店或经营一个小企业。这样世世代代传下去，就做出了“百年”品牌。

朱光然开出第一家“中国城”饭店的洛格罗尼奥市，有一家名为“小蘑菇”的小吃店，生意非常好，顾客常常排着长队。这是一家开了三十多年的老店，三十多年来一直经营烤蘑菇这一特色小吃。

四个兄弟在不到十平方米的小店里，各有分工，各展技艺。白色的小蘑菇在他们手上像小精灵似的跳动。

负责煎烤环节的是花白胡子的老大，老大煎烤蘑菇的时候，先在铁板上刷一层橄榄油，然后在油珠和蒸汽中，双手像弹钢琴一样把上百个小蘑菇排列得整整齐齐。又一层橄榄油刷上去，放上特制调料，蘑菇飞快地被翻了一遍又一遍。烤制好了的蘑菇，则由另一个兄弟，像变戏法似的，用一根根细签儿，将之一个个串起来，一把一把地传给其他兄弟，分发给排队等候的食客。

四个兄弟，三十多年来，一直坚持着做烤蘑菇这一小生意，不嫌其小，不厌其烦，齐心协力，反复钻研，他们就是凭着这种“做一行、爱一行、精一行”的“工匠”精神，创出了品牌，赢得了口碑。

在西班牙，讲秩序，守规矩，办事排队，见面主动问好，不在公众场合喧哗，从不随地吐痰，这些成为了广大市民的自觉习惯。

在排队的问题上，西班牙人是极有耐心和极其自觉的。朱光然在西班牙开饭店、做贸易，工作生活了几十年，几乎就没碰到过一起那种为了抢购某样东西而一哄而上的情况。凡是后来者，都会弄清楚谁是队尾，然后跟上最后一个人自觉地进行排队。

朱光然在洛格罗尼奥市的第二家“中国城”饭店，装修期间，经常到隔壁的那家饭店吃饭。这是一家西班牙当地人开的饭店，其实老板心里很清楚，一旦朱光然的“中国城”饭店开张，他家的生意势必会受到影响，但人家却似乎毫不在意这些。老板为人豪爽而大方，经常热心地给朱光然提供帮助。

不出所料，朱光然的饭店开张不到一个月，隔壁店里的生意就越来越冷清了，后来索性关门大吉。临别时，那个饭店的老板还主动将电话留给朱光然，说如果遇上什么困难可找他帮忙。在西班牙人的意识里，彼此都是遵纪守法做买卖，饭店倒闭，是不能怪罪他人的，只怪自己经营不善，更不会因此与人结仇，迁怒他人。

西班牙的医疗服务以片区为单位，每个片区都有诊所，诊所里建有整个片区范围内所有居民的医疗档案。

需要看病，就先到片区诊所责任医生那里去就诊。

责任医生一般都是全科医生，如果是小病，责任医生会直接开出处方，让你自己去药店买药，支付应该由个人承担的那部分药费。该由政府福利部门承担的那部分，药店会直接与政府福利部门结算。

遇上比较严重的病，责任医生会把你转到专科医生那里再去看。

从来都是按照预约时间，从来没有拥挤现象，也没有众多病人同时对着一个医生的情况。但在西班牙除了急诊可以直接打电话叫救护车，一般性预约就诊，往往需要漫长的等待，他们的效率并不是很高。

西班牙的房价与物价控制得很好。

朱光然在西班牙生活多年，他印象最深的就是物价的平稳。食品和其他生活用品的价格，乃至房价，一直以来都很稳定。物价涨跌，始终保持与国家的 GDP 一致，GDP 增了，物价就涨，GDP 降了，物价也就跟着降。而且是物价的涨降幅度，与 GDP 的增减幅度一样。工资也是与 GDP 挂钩，同频增减，所有的物价都没有出现过大起大落，市场物资供应也特别平稳。

……

总之，朱光然觉得西、中之间各有特点，存在着很大的差异性，这种差异又是多方面、多元化的。在我国改革开放之初，西、中两国建交不久，彼此都还缺乏应有的了解，这种时候太需要像他这样的“民间大使”，来促进彼此间的交流与合作了。

相比之下，西方人对于我们中国的了解却是更少。新中国是从一穷二白的旧社会改造过来的，建国初期我们基本上还是关起门来搞建设，并且走了一些弯路，又遭受到“文革”，改革开放之后，我国的经济社会才算步入到健康发展的快车道，但发展之迅猛，变化之日新月异，又是许多西方人所不了解的。中国政府的办事效率和集中财力办大事的能力，是许多西方国家的政府所无法比拟的。

唯有加强交流，才能增进彼此间的了解，只有了解多了才能加强理解，理解多了才能有更多的认同、支持、帮助和促进。所以，朱光然十分乐意当他的“民间大使”，促进西中交流与合作的“民间大使”！

34 为奇瑞汽车做零部件物流仓储

1995年1月，安徽省政府分管工业的领导，带领工业经济考察团，到西班牙巴塞罗那市考察。

考察组在朱光然的“中国城”饭店用餐，说起安徽省将要发展汽车工业，但基础非常薄弱，想借鉴一些国外的技术和经验，希望朱光然能帮一些忙。

省政府领导之前在观看巴塞罗那奥运会比赛时，惊奇地发现欧洲各国，有许多人都是开着各自的私家车去观看奥运会的。

各式各样的好车，非常抓人眼球，给领导们留下了深刻印象，他们在心里圈定了几款外观非常漂亮的车型，都是德国大众汽车厂生产的，随即便产生引进“大众”到安徽合资办厂的欲望。

可一经深入了解，方知大众公司已与中国“一汽”和“上汽”合作，在吉林长春和上海建立了合资公司，就不可能再在安徽谈合资建厂了。

在安徽芜湖经济开发区，有个“省汽车零部件工业公司”，安徽省政府相关领导看合资建厂不成，便及时调整思路，决定让这个“汽车零部件工业公司”实行转型升级，搞整车生产。由安徽省委办公厅下派到芜湖市任市长助理的詹先生，负责汽车厂项目的筹建工作。

“汽车零部件”与“汽车”，是两个不同层面的概念，要让汽车零部件公司搞整车生产，困难自然很多。更何况，那年头汽车还是非常稀罕的物件，十有八九的单位还没配上公务用车，路上见到一辆小汽车还要围着看稀奇，国内能生产小轿车整车的车企也就更少了——也就“一汽”、“上汽”，屈指可数。

安徽省政府有位领导，比较前瞻性地看到了国内未来巨大的小车市场，就希望加快发展汽车工业，请朱光然帮助“安徽省汽车零部件工业公司”，采购一些国外先进的轿车，供筹建中的汽车厂分析、研究、借鉴所用。

省政府领导深谋远虑，发展民族工业心切，朱光然觉得理应尽到自己的一份微薄之力，绝不能辜负了领导的信任与重托。

他几乎拿出自己在海内外打拼多年，所积攒下来的大半积蓄，一次性购买了五辆海外新款小轿车，办好相关进出口手续，装到集装箱货柜里，通过海运转河运，抵达芜湖港，到了“安徽省汽车零部件工业公司”的整车研究所。

由于国内外汇紧缺，“安徽省汽车零部件工业公司”无法使用外币支付朱光然的垫付款，经过了很长一段时间，才用人民币把朱光然买车所垫付的钱结清了。

虽然汇率差的存在，让朱光然损失了一笔数额不小的钱，但他没有计较，也没有一丝一毫的怨言。能为祖国的民族工业尽一份力，作点贡献，朱光然不但觉得值，还将之视作一次难得的机会！

芜湖市有关部门组织专家，对朱光然发回来的几款车型，拆卸，装拼，进行了潜心研究，最终综合其优势，并结合国情，研发出了一款自己的“奇瑞”汽车。

奇瑞汽车制造厂建厂之初，条件十分艰苦，厂址选在一片滩涂之上，属于软基，地下基础部分工作量十分大，施工条件特别恶劣，建筑工人整天穿着雨鞋子蹚水劳作。天气热，蚊子多，环境差。

管理团队也是吃住在工地，在一个平日里农民自己存放农具的小屋子里办公。

为了减少风险和资金投入，工厂是按照配套零部件“零库存”的要求，来进行规划建设的。

零部件“零库存”是非常理想化的一种状态，实际运行过程中，是不怎么现实的，组装生产一台小轿车得需要多少零部件呀，大量的汽车零部件，能没有库存储备？说穿了，厂家就是要解决建厂之初资金不足问题，为减少财务运转成本考虑。

厂家自己要实现配套零部件“零库存”，就千方百计动员朱光然办一家仓储公司，专做相应的汽车零部件物流仓储服务。

朱光然知道办这个仓储服务是要担风险的，也清楚“奇瑞”汽车公司领导找他，就是希望他能为“奇瑞”分担风险，汽车零部件物流仓储公司，与“奇瑞”汽车公司的命运将紧紧连在一起，一荣俱荣，一损俱损。为了“奇瑞”，朱光然已经有了前期的付出——包括钱财上的付出和情感上的付出。

朱光然体会得到，芜湖市政府和“奇瑞”公司一些领导的用心，也十分体谅“奇瑞”公司建厂伊始的困难——他毅然答应了“奇瑞”公司的要求，个人投资，在滩涂地上兴建了一个占地50亩，建筑面积四万多平方米的库房，专做汽车零部件物流仓储，替“奇瑞”汽车公司做零部件配送服务。

根据“奇瑞”公司的生产需要，各地汽车零部件配套厂家，将生产好的汽车零部件，发到朱光然的物流仓库，等候“奇瑞”公司的提货指令，指令一下，朱光然随即将仓库里的零部件，送到“奇瑞”公司装配现场，等待验收组装。

朱光然的物流仓储公司，可以赚取配件厂家百分之五的物流仓储服务费。

“奇瑞”公司则边验收边组装，装配结束后，才按约定期限给汽车配套零部件厂家打款。

凡是放在朱光然的物流仓库里，没到“奇瑞”公司安装车间的零部件，都还不算“奇瑞”订的货，“奇瑞”公司可以不必负担任何的财务费用。用不上了，就由供货商直接退回去，运费等造成的损失，由供货商自负。

这样，“奇瑞”汽车公司，就真正实现了配套零部件“零库存”目标。

奇瑞汽车制造项目，是安徽省政府非常重视和十分关注的一个项目，芜湖市在当时各方面条件都十分欠缺的情况下，组建了强有力的项目团队，仅用一年多的时间，就在长江边荒芜的滩涂地上，建起了大规模的厂房，相关部门给予了大力支持，公司全体员工更是起早摸黑，不分昼夜，艰苦拼搏。

前后仅三年时间，一款自主研发、设计、生产的“奇瑞汽车”就下线了。

速度与效率，令在国外闯荡多年的朱光然深感吃惊，叹为观止。他想这种奇迹也只有在我们中国才能创造出来，这在国外是根本无法实现，甚至难以想象的。

汽车是生产出来了，可是在全国挂牌上市的许可证并没有拿到，因此只能在安徽本省内的市场销售。

由于产量上不去，朱光然投资的物流仓储，业务量就不大，建好的库房使用率不高，经营绩效低下，许多地方的开支却无法节省，因此一直处于亏损状态。

国务院领导为了支持像“奇瑞”这样的民族企业发展，亲自协调，使“安徽奇瑞”与“上海一汽”达成合作协议，让奇瑞汽车挂上了“上汽·奇瑞”的牌子，得以在全国市场公开销售。

“上汽·奇瑞”款式新颖，很快就在市场上打开销售局面，卖得异常火爆。

有消费者为自己刚提到手的“奇瑞”爱车，编了个颇为自得的顺口溜：“花费七八万，近看十几万，远看几十万！”

“上汽·奇瑞”受到市场青睐，前景广阔了，朱光然的物流仓储也扭转了亏损局面，跟着实现了盈利。

朱光然的物流仓储公司，是私有企业，而奇瑞汽车公司迅速发展成了一家大型国有企业。私有企业的盈利，让一些在国有公司“拿死工资”的职工眼红了。

他们撇开朱光然对奇瑞汽车公司的贡献，也只字不提公司在发展初期，经济极端困难，公司领导再三动员朱光然搞合作，建物流仓库的历史背景，只说物流仓储是汽车制造公司运营中必不可少的环节，决不能让一个外人来经营。

甚至利用各种手段给朱光然制造麻烦，设置障碍，目的就是要将他“挤走”。

此时的芜湖市委书记兼奇瑞集团董事长，就是奇瑞汽车公司筹建之初的芜湖市市长助理，兼奇瑞公司项目筹建领导小组主要负责人。朱光然找到他，将自己遭受“挤压”的情况进行了简单的诉说。

董事长叹了口气表示，“奇瑞”公司一路风风雨雨走过来，他最清楚，他不会忘记朱光然为“奇瑞”的付出，和所做出的贡献。他说他也不会不清楚，朱光然的物流仓储公司，当初确实是为了替奇瑞公司解决困难所建。甚至合作协议的一些主要条款，他都还记得清清楚楚，譬如：协议规定双方合作期限为三十年。协议期内，在芜湖市一百公里范围内不允许建设第二家汽车零配件物流仓储企业等等。

同时他也表明，处在他的位置上也是有难处的，他眼下是芜湖市市委书记，又是奇瑞集团的董事长，当年也是市领导和公司项目建设领导小组负责人，甚至有人将矛头直接指向他，说是他出卖了奇瑞公司的利益呢！

见他的话说到了这个份上，朱光然只能用他的“宰相肚子”，善解人意，体会领导的难处，主动放弃自己的既定利益，同意将物流仓储公司转让给奇瑞汽车制造公司。

朱光然反过来想，自己当时办这个物流仓储，是为了帮助解决“奇瑞”的困难，如今公司发展了，实力强了，物流仓储能自己办了，他及时退出，同样也是为了帮助解决“奇瑞”的困难。如果他不退出，领导就有了新的难处，他也应该体谅。

当初，他受领导之托，个人垫资替“安徽省汽车零部件工业公司”购买国外新车，就从未想到过要图什么回报，只要“奇瑞”公司发展得更好，他就高兴了。

按照这样的逻辑去想，朱光然也就没什么想不通的了。

芜湖市政府委派一家评估公司，对朱光然的汽车零配件物流仓储公司进行了评估，朱光然从此退出了奇瑞汽车零配件仓储业务。

他没有完全按照当初的协议要求进行索赔，仅仅以评估公司的评估报告为基础，差不多只是收回当初的投资成本。

退出了与奇瑞汽车公司的合作，朱光然没有怨天尤人。因为他了解自己国家的国情，知道当时的中国，在制度上还有许多不完善的地方。

也许是感觉到，这事对朱光然有了太多的亏欠，芜湖市的有关领导又提出，要在芜湖给朱光然划一块地，让他建设一个欧洲工业园。但他没有要，他想等到工业园建成之日，指不定人家又眼红了呢？到了碗里的鱼又要等着收回去。

回想起与芜湖奇瑞汽车公司合作的那段经历，朱光然仍然没有感到后悔，反而表现出了一些自豪，因为他曾经为祖国的民族企业，汽车工业尽过自己的一份力，做出过一份自己的贡献！

如今的奇瑞汽车股份有限公司，注册资金三十多亿元，根据2016年5月26日在东莞发布的信息，在2015年中国机械工业百强企业和汽车工业三十强企业名单中，“奇瑞”排名第十七位。

时至今日，芜湖市一些从政府部门退休的老同志，和一些曾经参与过奇瑞公司项目建设的人们，在闲聊之时，还是无不提及一位旅居西班牙的华侨，在奇瑞汽车发展史上，对奇瑞公司做出过的极大努力与贡献。

这个西班牙华侨，就是朱光然。

35 签约杭州湾开启人生新纪元

2002年，新的欧元纸币和欧元硬币启用，进入流通领域。这一年，朱光然五十三周岁。

2002年6月27日，是朱光然永远难忘的日子。

2002年6月27日这一天，五十三岁的朱光然，在祖国地处杭州湾的慈溪市经济开发区，找到了一个新的投资平台，让他实业报国的理想有了新的发力点。

这天开始，他的奋斗人生站上了一个新起点，从此上升到了一个新的高度。

安徽的合作投资，令朱光然回国投资的热情受到了一定程度的影响。

有着多年卫浴设备经销经验的朱光然，希望能重新回到自己的故乡浙江看看。

亲不亲，家乡人！

父亲的意外过世，使年迈的母亲遭受很大打击，情绪一直比较低落，也没有了重新返回西班牙的意愿，非常需要子女们的陪伴。朱光然想，要是能在家乡买（租）下一块地，建一个自己的工厂，生产他熟悉的卫浴产品，既可算是实业报国，支持家乡建设，离家近了，又可尽到孝心，照顾好年迈的老母亲，可谓“忠孝两全”。

国家侨务部门，就是海外华侨的“娘家”，每次回到国内，有事没事的，朱光然总喜欢到“娘家”坐坐。

有一次，在浙江省侨办李处长办公室，朱光然说起要回乡投资的想法，李处长就帮助他分析浙江各地的投资环境。说到丽水市和青田县，李处长说，那里虽然是你的家乡，但你不是不知道，其特点就是山多地少呀，尤其是青田，“九山半水半分田”，哪有多少整片的土地让你办企业啊？再说交通又极为不便，物流成本也高。

朱光然觉得李处长的话直率，而不无道理。其实，对于丽水青田那边的投资环境，朱光然也是十分清楚的，之前他还借回家探亲之际，做过多次“非正式”考察呢。

李处长比较看好的是宁波，他说宁波就大为不同了，那是沿海港口城市，又是副省级城市，地儿大，交通便利，知名度也高，并且那里的领导思想解放，开放开发意识强，招商引资工作做得很不错。

末了，还把宁波市侨办主任邹建伟介绍给朱光然，让朱光然直接到宁波去找他。

朱光然听从了李处长的建议，前去宁波作投资考察。

宁波市侨办邹建伟主任热情地陪着朱光然，从宁波市中心到周边县市区，镇海、北仑、宁海、象山、奉化……所到之处，都受到了非常热情的接待，各地政府给他推荐了许多项目，带着他考察了许多投资区块。可一大圈转过来，就是没有一处让朱光然见了就能怦然心动，下定决心投资的地方。

时间到了2002年6月8日，恰逢慈溪市举办一年一度的“杨梅节”，邹主任就提议朱光然去慈溪品尝杨梅。

慈溪市与朱光然的故乡青田县，是“山海协作”关系，对青田县有过许多帮助，朱光然还在青田县的仁宫乡，见到过慈溪市政府资助建设的“慈溪大桥”。因此，到了慈溪，朱光然感觉并不陌生，甚至有着一种仿佛回到了自己家乡的亲切感。

慈溪市政府有关领导，一面陪着朱光然去杨梅基地进行“采摘游”，一面不失时机地对他进行招商公关。

市政府领导告诉朱光然，慈溪市里已经决定在一个叫“庵东”的地方建一个经济开发区，初步规划七十多平方公里，那里的区位优势非常明显，临近杭州湾，到上海的直线距离只有几十公里。

市领导还说到，昔日的“庵东”非常繁华，曾被称作“小上海”，有小姐坐渔船，在“上海百乐门”与慈溪的“庵东”之间频繁往来！

市领导十分肯定地说，慈溪经济开发区的发展前景是十分广阔的，他希望朱光然能前去考察考察。

其实，市领导给朱光然介绍的慈溪市经济开发区，还只能算是美好蓝图一张，现场看上去只是茫茫滩涂一片，其间散落着一些盐池、鱼塘和芦苇丛。

所谓的“小上海”庵东，是昔日的大盐场所在，如今看来只是一个孤零零的，仅有几处普通民舍的极不起眼的小镇。

朱光然在市政府领导的陪同下，前去做了一番投资考察。

滩涂中无法行车，只有一些机耕操作便道，朱光然只能顺着市政府领导手指的方向，领略一下那里的概况。

市领导远远地指着一个地方跟朱光然说，那就是规划中的“滨海一路”！并说“滨海一路”是开发区区块将来的一条主干道，相当于一条大动脉。又指了指它旁边的一处滩涂告诉朱光然：“那边上有块好地，四百多亩，已经有投资商在谈，只是没有最终确定下来。”

市领导故意顿了顿，又用试探性的眼神告诉朱光然，只要他能看上，他就还有争取的机会。接着又补充道：“地是好地，机会是难得，不过得看你有没有这个眼光？”

国内与海外，一路过来，摸爬滚打，商海闯荡几十年，有经验，也有教训，朱光然对于市场商机的判断与把握，其能力并非一般毛头小伙以及他的同龄人所能及。

尽管慈溪市政府规划的“经济开发区”，出现在他眼前的实景还是一片荒芜的滩涂，一切都还处在起点上，但市政府领导对于开发区未来前景信心满满的描述，以及他们对于招商引资服务的热诚，都给朱光然留下了极其深刻的印象。

尽管朱光然没有当场做出投资决定，但作为一个有眼光的商人，他是从来不会轻易放过一次到了眼前的机会的！他尤其不好意思拒绝，人家热情友好地伸向他的橄榄枝。

明里的考察结束后，朱光然不动声色地，对周边更大范围内的投资环境，又做了比较多的深度考察。

有过做卫浴器材进出口业务经历的朱光然，最初只是希望在国内选一块好地，建一个小企业，稳扎稳打地进行卫浴器材的生产。通过对开发区周边的配套环境，以及卫浴器材产业链的深入考察与研究，他发现周边企业的劳动力成本仍然低得惊人，普通工人的月工资，差不多只是西班牙的十分之一——这是其一。其二，周边的卫浴产品配套零部件非常齐全：慈溪市的新浦镇有螺丝螺帽五金配件产区，长河镇有花洒喷头产业群；余姚市的陆埠镇有软管、不锈钢编织管等产业聚集区。其三，最最重要的一点还在于它的区位优势，这里位于宁波杭州湾跨海大桥的南岸，居于上海、宁波、杭州、苏州等大都市的几何中心，是宁波接轨上海，融入长三角的重要门户。并且，杭州湾跨海大桥已经成功立项，等到该大桥一通车，一个多小时就能到达上海。

上述这些就是企业发展的良好条件和优势所在。

由于有这诸多优势条件的存在，朱光然认为这里将来肯定是人们争相投资开发的热土。

朱光然非常认可并看好这片土地，作为商人最重要的在于抢占先机，他的投资决心悄然下定。

觉察到朱光然已经对他们推荐的那块地有所动心，慈溪市政府的领导就不失时机地一再动员他多拿一些地，建一个像样的工业园——市政府的领导正为招商引资工作着急，他们的希望并不在于仅仅招到一个朱光然，而是指望着能通过朱光然的带动和帮助，使更多的“外资”“外企”，来到还处在起步阶段的慈溪经济开发区落户。

在市政府领导的思想影响下，朱光然脑子当中最初那种，“买五十亩地，建一处小厂”的想法悄悄发生了改变，新的投资思路渐渐清晰起来。他不再满足于小打小闹，他要搞大的——把“滨海一路”边上的那四百多亩好地全部吃下，建一个自己的工业王国——“欧洲工业园”！

朱光然想，慈溪市经济开发区是个招商引资的大平台，将来他的这个“欧洲工业园”，就是一个小平台，一个专门面向欧洲企业招商引资的专向性平台，平台之中的平台！他这个“欧洲工业园”一旦建成，不仅能让他自己的企业落户其中，还能让他的一些欧洲朋友的企业将来在此落户。

他相信中国物美价廉的资源，对于他在欧洲的企业家朋友，应该会像他一样有着极大的吸引力。慈溪的人工工资和原材料的价格与欧洲相比，都要低得多，产品的成本自然就容易控制，生产同样的一件产品，与欧洲相比，就存在很大的差价，在这种环境条件下，欧洲来中国投资的外企自然就有很多投资优势。

同样地，在这里生产的产品到了欧洲，又有着许多价格竞争上的优势。

项目谈判比预期似乎更为顺利，但讲到外资企业退税等优惠政策兑现年限问题，双方还是出现了一些分歧。

慈溪市政府及经济开发区的领导，也许出于更加看重朱光然对于招商引资的带动作用，最终还是让朱光然以非常理想的价格，拿到了“滨海一路”边上那四百多亩土地。

2002 年 6 月 27 日，朱光然与慈溪市经济开发区，为“欧洲工业园”项目欣然签约。

朱光然的“宁波欧洲工业园”，是签约慈溪经济开发区的最早一批企业，和首家外企。

朱光然以超前的眼光和非凡的胆识，满怀信心地在一片荒凉的滩涂上，描绘着他未来的欧洲工业园的美好蓝图。

36 第一幢厂房在荒凉的滩涂上艰难崛起

朱光然是西班牙华人中，第一个从事水暖洁具器材进出口经营的商人，生意做得非常成功，业内影响很大。另外，他还是“西中友好投资促进协会”的会长，“促进会”中一些从事水暖建材行业的西班牙籍会员，也有到中国投资建厂的欲望，希望朱光然能帮忙寻找合适的城市，买一块地建设欧式标准厂房，用欧洲的服务模式招商引资，为欧洲企业到中国安家落户提供平台。

朱光然签下的四百多亩土地，分为A、B两个区块，其中A区块三百多亩，B区块一百多亩，分别以他在西班牙的公司——西班牙加泰工贸有限公司和高尔宝拉松山拉尔都有限公司，作为投资主体，进行开发建设。

工业园建设初期，遇见的困难比想象的还要多。

朱光然招聘了来自知名企业“杭萧钢构”的马敬儒先生，作为职业经理人，协助他的工作。

马先生曾在“中国一汽”和安徽奇瑞汽车集团做过企管，责任心相当强，在园区建设和企业管理方面又颇有经验，能力非常突出。

朱光然最认可他的还是他的为人，他秉性耿直，为人公道正派，诚实守信，原则性特别强，尤其强调讲规矩，按制度办事。做事认真，又干劲十足，没有白天黑夜，也是个拼命三郎。朱光然觉得马先生的性格脾气有点像他，做事风格又非常像欧洲的一些企业家。

朱光然是在安徽芜湖，为奇瑞汽车公司提供物流仓储服务的时候，与马先生认识，并相交相知而成为好朋友的。两人互相认可，相互信任。当朱光然需要他的帮助时，他二话没说，舍弃了上市公司“杭萧钢构”给他的优厚待遇，为了追求缔造园区帝国的共同梦想，来到了朱光然身边，与之和衷共济，并肩奋战。

当时的“欧洲工业园”地块，“前不着村，后不着店”，四周荒芜一片，连进场的路也没有。朱光然与马敬儒，住在慈溪市区一家叫“银都”的酒店里，着手园区的建设规划和招兵买马等筹备工作。酒店距离朱光然理想中的欧洲工业园，有二十多公里。

最初招聘过来的一些工程建设技术管理人员，也都得住在距离工地二十多公里外的慈溪或余姚市里，早出晚归，每天在驻地与工地间来回奔波。

荒芜的滩涂，枯黄的芦苇丛，几近干涸的鱼塘，泥泞的小道，风里来，雨里去……回想起来，这些后来成为公司管理层的最初的建设者都说，那时每次去园区工地，感觉就像被流放。

2003 年 1 月 1 日，宁波“欧洲工业园”举行了简单的奠基仪式。

这天的五更时分，朱光然和马敬儒带着杨昌兰等员工，摸着黑早早地来到园区地块，按照中国传统的习俗，举行了一个简单而庄重的仪式，赶在天亮之前，将奠基石碑安放到了预先选好的位置——一块普通的石头，承载着园区建设者对园区前景和企业发展的美好期盼。

宁波欧洲工业园的主建筑属于欧式风格，办公楼的屋顶和整个外立面，一眼看去全是欧洲元素，蕴含着西方文化，欧味十足，所有的厂房都是欧式标准厂房。

园区的大门怎么开？区内道路怎么布局？一些主建筑怎么布置？朝向哪里？这些又是按照传统中国的东方文化理念来考虑。

在确定区内平面布局之前，朱光然专门请了一位香港风水大师，穿着长筒雨靴，相伴着在泥泞的滩涂地上转悠了好几天。

朱光然的欧洲工业园，作为率先落户慈溪杭州湾的外企，在最初的开发建设过程中，遇到的还不仅仅是滩涂、泥塘、杂草等等这些恶劣的自然条件，所带来的客观困难和问题。当地个别群众为图不义之财，也会给工业园的建设制造一些人为的麻烦，带来不必要的干扰，让园区的开发建设之路比预想的更为艰难。

园区内建筑的地基为软基，需要打几十米的桩，原有的泥沙软土都得换填，要到几十公里之外的地方，在相关部门指定的区域里劈山开石，装运石头做填方。为确保不影响道路交通，运输还要常常选在夜间进行。

工业园里的所有建设工程施工，都是严格按照公平、公正的程序，进行公开招投标。个别不法不义的当地人，在投标不成，“强包强揽”的欲望得不到满足的情况下，只能耍无赖，暗地里纵容一些社会上的小混混，想方设法阻挠施工，甚至公然挑事。

一次，工地上的工人们在紧张施工，一辆面包车摇晃着来到距离他们的不远处停了下来。工人们顿时有了警惕，满以为又是小混混找事来了。谁知车上只是下来两个人，将一箱箱的东西，往工地上抛弃，末了扬长而去。

等车子开远了，工地上的工人才敢前去仔细察看，发现一个个纸箱里装的全是过期的方便面。

当时工人们的生活水平还是十分低，看到人家抛洒在那里的方便面不免心动，说既然是过了期人家扔掉的，大伙分了拿回去吃算了。多亏正在现场的马敬儒予以阻止，马先生说这些方便面既是过期的，又是来路不明，吃出了问题怎么办？谁负责？

“再说，你们就不担心有诈吗？这些过期的方便面，人家为什么不按规定去进行销毁处理，而偏偏大老远地拉到咱们工地来抛？谁知人家到底安的什么心呢？”马先生话锋一转，又说，“同志们呐，前些日子那些没安好心的人挑事生非还少吗？咱们可千万不能落入人家的圈套，让人留下口实啊！”

深谋远虑的马先生总觉得，这可能又是某些人惹是生非的手段。于是，向开发区管委会报告了此事。

管委会领导对此事很重视，当即协调开发区派出所进行立案，并希望派出所在三天内破案。

那个时候的派出所警员很少，管的事情却很多，但郑荣华所长一心只想着为开发区创造良好的治安环境，替落户开发区的企业保驾护航，带领干警们仅用一天时间就破了案。

不出马先生所料，原来是长河镇的一家小超市有许多方便面滞销过期，老板感觉到损失大就动起了歪脑筋，雇人将它拉到外资企业的施工工地——他是认为外来的人好欺负，想设个圈套讹点钱，弥补一下自己的损失。

派出所出面将那车方便面拉走，按规定进行了处理，并对超市老板进行了训诫，给予了应有的教育。

这事给周围的小混混们起到了较好的警示和震慑作用，工业园的治安环境实现好转，再也没人敢轻易前来“骚扰”。

朱光然和马敬儒，带领他们的团队，克服了建设道路上的一个个困难，排除建设道路上的一个个障碍，完成欧洲工业园的基本建设任务。

回想起来，朱光然依然无法忘怀慈溪市委市政府领导，尤其是慈溪市经济开发区领导对外资企业的热情周到服务，广大政府官员清正廉洁，做事认真负责，使得园区开工建设以来，通电、通路、通水等市政建设工程同步跟上，相关手续一路绿灯。

2003 年 5 月 1 日，杭州湾大桥开始兴建，园区周边逐渐显露出发展的勃勃生机。

慈溪人民在见证大桥开工的同时，也见证了朱光然的欧洲工业园内第一幢厂房的成功落成。

37 筑巢引凤好马也吃回头草

圈了地，盖起了厂房，面临的主要问题就是招商。

宁波欧洲工业园，实行边建设边招商，在建成发展过程中，招商引资工作也在既艰难又有序地成功推进。

最初的一批外资企业签约宁波欧洲工业园，主要是因为朱光然打造的宁波欧洲工业园，那种“园中园”的模式，正对欧洲人的口味。同时还得益于，园区“掌门人”朱光然先生在欧洲业界的好口碑，在西班牙商界的信誉和号召力。

所谓的“园中园”模式，就是说慈溪经济开发区是一个大园区，而欧洲工业园则是存在于这个大园区内的，一个独立的小园区。独立小园区内实行统一建设，统一管理。这种做法对于那些为节约投资成本，不愿自行购买土地建造厂房的外资企业，或者规模较小的外资企业，有着较大的吸引力。

朱光然在欧洲生活多年，深刻了解欧洲人的习惯，欧洲人办企业，不喜欢也不愿意建立独门独户的厂房。满足西班牙企业家朋友的需求，也正是朱光然签下四百多亩土地，要在杭州湾缔造“工业王国”的初衷。

“园中园”模式，做到了资源、服务和管理三者共享。资源与管理服务的共享，不仅促进了产业聚集，降低了入园企业生产成本，也极大方便了政府部门对园区内外资企业的管理。

“园中园”模式，还为入园的外资企业与产业链上配套生产商，建立良好的合作关系，提供方便与保障，促使其彼此达成诚信交付协议。园区外的配套生产企业，每月按照生产计划，为园区内的外企加工、配送零部件。园区内的外资企业每月按既定的付款日期，把前一个月的货款一次性存入供货企业指定的账户，使得配套供货企业从来不必为货款担忧。

在欧洲商界打拼多年的朱光然，与很多有实力的欧洲企业，建立了长期而紧密的合作关系，这些企业的老板，知道朱光然既熟悉西班牙等西方企业的运营特点，更熟知中国的国情，懂得如何更好地在中国进行企业经营和管理，以及处理好方方面面的关系。他又为人厚道，重感情，讲义气，业界的朋友便无不信赖于他。

他熟悉的一些朋友的企业率先来了，接着朋友带着朋友，熟人介绍熟人，就有更多的企业来了。

然而，一个外资企业从招商考察，到签约、落户、投产，却是十分漫长而又艰难的一个过程。

在 2008 年宁波杭州湾跨海大桥建成通车之前，一有欧洲企业投资代表前来考察，朱光然都会派人绕道杭州到上海机场接送，来回一趟需要十来个小时。

而且，每个前来考察的企业，投资都不是一次就能拍板。

考察了厂房，考察园区环境，还要考察配套产业链。

考察了一次两次，还有三次四次。考察个五次六次也不算多，前后历时一两年才做出一个投资决定，也还是不能说人家不爽快。

朱光然知道欧洲人都特别“较真”，他领教过他们的办事效率。

不管能否成功落户，朱光然对于有意前来做投资考察的外商，从他们在上海机场下飞机那刻起，直至考察结束送回机场，全部周到接待，所有费用全由朱光然自己的公司支付。

行伍出身的东北小伙子吴志军，初入园区担任驾驶班司机时，几乎天天往返上海机场接送客人，每天工作十多个小时，头一个月人瘦了一圈，体重减了二十多斤。

每个批次的投资考察接待，包括替客人安排吃、住、行，外加翻译陪同等等，都是一笔不小的费用，可朱光然从来不会在这方面给人吝啬之感。

也有一些外企，经过了三番五次的投资考察，园区内的服务公司帮忙办理好前期的所有手续，又变卦的，这些费用损失，只得由朱光然的公司来承担。

有好几家欧洲企业，投资考察前后持续了两年多时间，每年来四五个批次的考察代表，软硬件各方面的投资条件，包括他们产品链上的配套供应商都考察过了。

到了最后签订合同阶段，还要临时反悔呢。

一家名为“西互刹车线有限公司”的企业，前来考察多次，注册手续都办完了，结果却没有了下文。

有朋自远方来不亦乐乎。无论怎么样的一种情况，朱光然依然一如既往，安排好各项服务工作，即使在付出了大量的精力和成本后，没有达成协议，他也没有丝毫埋怨。

就像欢迎他们前来考察一样，欢送他们回去。毕竟投资办企业不是小事，尤其是到了异国他乡，凡事多考虑一点没有错。朱光然能理解。

当然也有企业走了又回头的，精诚所至，好马也吃回头草。

西班牙有家做球阀的知名企业叫罗曼公司，老板罗曼先生最初也是非常看好宁波欧洲工业园的，他知道企业在园区内可以委托管理，对于园区内的硬件配套设施和服务方面都感到很满意。

但是，因为他们的欧洲企业总部，有一位相当于采购代理人般的贸易服务合作伙伴，从中做了工作，极力将罗曼公司往余姚市的牟山那边拉。客观上看，那边建的是简易厂房，租金报价更低。为贪图方便与省钱，罗曼公司就选择了在牟山投资落户，交由那位他们熟悉的贸易伙伴管理。

也就过了一年多点时间，罗曼公司的老板又回头寻求朱光然的帮助来了，因为企业总部对于在余姚投资的工厂的经营有了疑问和担忧，厂子快要倒闭了。

朱光然和马敬儒，在认真听取了罗曼先生的讲述，并查阅了他们公司的文件后发现，罗曼公司被那个正在替他们管理工厂的曾经的贸易合伙人给坑了。

那企业非但营业执照上的法人代表，不是罗曼公司的老板罗曼先生，而且企业的所有原材料，都是从公司委托他管理的那个曾经的贸易伙伴自己的贸易公司采购，价格远高于市场价。通过种种暗箱操作，那人从中大赚特赚，鼓了个人的腰包，罗曼公司所投的资产却所剩无几，使企业面临倒闭——根据亲自参与过搬迁的，当时正在园区管理车队的欧洲工业园资深员工吴志军回顾，投入数百万元美金的罗曼公司，到了搬迁之日，最值钱的家当也就是一辆皮卡车和一条有点贵族血统的看门狗了。

为了隐瞒自己的行径，受托管理企业的那个曾经的贸易合作伙伴，和工厂里其他一些人，在共同利益基础上达成了一些私下协议，让公司老板罗曼先生一直蒙在鼓里。等到出现了内部利益矛盾，才有人向公司总部作了举报。

竟有如此不仁不义之人和卑劣无耻的行径！

朱光然和管理经验丰富的马总感到十分震惊。他们帮助罗曼公司的罗曼先生及其西班牙合作伙伴圣地亚哥先生，对罗曼公司面临的危机做了深入分析。

罗曼先生及其合作伙伴圣地亚哥先生，对公司所处的困境束手无策，他们诚恳请求朱光然和马敬儒帮忙，把罗曼公司在余姚的企业搬到欧洲工业园来。

企业的搬迁，涉及所有员工的利益，方方面面情况十分复杂，并不是说搬就能搬的。朱光然既没有因为罗曼公司当初未选择自己的园区入驻，而对之心存芥蒂，也没有因为罗曼公司的企业搬迁，涉及的情况复杂，不肯伸出自己的援助之手。

朱光然和马敬儒一起为罗曼公司老板出谋划策，制定了非常详细周到的企业搬迁计划。

首先是帮助他们在十分隐秘的情况下，把余姚企业的法人代表换成罗曼公司老板本人，将企业公章、财务章和法人代表印章等，收归到罗曼公司老板自己手中。然后由罗曼公司老板——名副其实的法人代表，郑重通知广大员工，说明企业搬迁的具体事宜。

公司正式迁居欧洲工业园的那一天，可谓险象环生。

罗曼公司在余姚的企业，由于管理一团糟，内部利益群体相互勾结，员工工资体系混乱，一些人员的工资高得离谱，极不合理，猫腻很多，且复杂异常。一些既得利益者，为人非常刁钻和蛮横，随时有爆发闹事打人的风险。还有一些平日里觉得受压迫不得志的员工，内心里也窝着火，一直在等待机会向公司老板挑事。

在欧博企业管理咨询公司经验丰富的管理人员安排下，罗曼公司采取合法又合理的办法瓦解了准备抱团闹事的工人力量。按照新的合情合理的工资体系，分批次与员工代表进行洽谈，言明态度：员工去留自由，不愿意到新址上班的，随时可以离开。愿意留下来工作的，则必须服从新的工资体系。对于个别仍然坚持蛮不讲理的人，则交由当地派出所解决。

由于安排有序，当天就完成了企业所有事务和信息资料等的交接。入园后的企业管理，由园区内的欧博管理咨询公司接手。完成全部交接操作后，罗曼公司老板终于松了一口气。

在朱光然和马敬儒的帮助下，罗曼公司以最短的时间，最快的速度，搬迁到园区落户，并实现正常运营。罗曼公司老板罗曼先生及其合作伙伴圣地亚哥先生，对朱光然充满感激，也和他成为了彼此信赖的好朋友。

等到各方面条件成熟，内外部运营好转，欧博企业管理咨询公司才将罗曼公司的管理经营责任，交还给罗曼公司总部，由总部安排西班牙代表来管理。

企业迅速扭转负资产局面，慢慢发展到盈利数千万元，年产值翻了好几番，奠定了良好的发展基础。

予人玫瑰，手有余香。

朱光然就是这样乐于助人，以自己的宽广心胸对待朋友，诚心实意帮助朋友！正因为如此，落户园区的欧洲企业，遇到一点困难和问题，自己难以解决时，首先就会想到向慈祥的长者——园区“掌门人”朱光然求助，朱光然也总是有求必应，热心地去帮助解决。那些运营良好的企业老板，虽没有困难需要求助，可始终与朱光然保持着长久良好的友谊。

38　杭州湾新区的璀璨明珠

对于签了约，入驻宁波欧洲工业园的外资企业，朱光然根据其水土不服的问题和服务需要，和马敬儒先生共同出资，及时在园区内成立了“欧博企业管理咨询公司”，为它们提供保姆式的管理服务。

利用园区内的欧博企业管理咨询公司自身的优势和经验，热情周到地帮助入园企业代办，诸如公司注册，企业公章、法人章、财务章刻制登记，环评、能评、水电、消防审批，银行开户、外汇管理登记、国地税登记，口岸备案，报关、报检、出口退税，人事招聘、人员培训、团队建设，以及吃、住、行服务等方方面面的行政事务。乃至供应链的选择等这么重要的事务，许多入园企业也交由欧博咨询管理公司代办。这些企业，涉及的银行开户、支付、提款、财务审批等事项，还曾经一度委托朱光然一个人代为签字，因为这些投资商都对朱光然有着百分百的信任。

企业落户之后，招工招聘难就成了发展面临最突出的问题。

发展之初的慈溪经济开发区，一片茫茫滩涂，各项配套设施也是从零开始，很不完善。朱光然的欧洲工业园，更是“前不着村，后不着店”。园区建设者们，只能租住在开发区临时搭建出租的钢构宿舍里，设施条件十分简陋，夏天闷热，冬天寒冷。也没有单独的卫生间，十天半月才能由工业园综合办安排车辆，拉着员工到二十多公里外的市区去洗一回澡。

购物、娱乐等其他生活设施更是无从谈起，员工们的业余生活极其枯燥乏味。

园区招人主要靠熟人介绍，还有派人去菜场、夜市、影剧院等人员聚集地贴小广告。招人难，即便招到了，也极难留得住、稳得牢，许多大学生来了没多久就想走人，让朱光然这个园区掌门人伤透了脑筋。

据不完全统计，发展之初的几年间，单园区贸易部门的外语人才，前后进出就多达一百五十多人，留下来能工作稍长一点时间的，也就十多人，工作持续超过两年时间的更是屈指可数。

鉴于这种情况，2005 年园区向开发区管委会提出了，在园区内建设员工配套生活设施的申请。

问题引起开发区管委会以及市委市政府领导的高度重视，申请很快获批，相关部门一路绿灯，给予了大力支持。

园区得以自己建造宿舍，办大食堂、小食堂，开小超市、洗衣房，设图书馆、电脑教室、理发室、乒乓球室、健身房、室外运动场等等。

到了 2008 年，随着宁波杭州湾大桥的建成通车，慈溪经济开发区不断升格，成为了国家级的宁波杭州湾新区，规划面积不断扩大，配套设施不断完善。“欧洲工业园”周边的市政设施极大改善，园区内的商务大楼全面竣工，各类生活配套设施也跟着逐渐完备。

鞍前马后跟随着朱光然和马敬儒共同打拼的一批年轻人，也渐渐安下心来，他们伴随着园区走过了多年的风雨路，从初出校门时的稚嫩逐步走向成熟。他们以园区为家，在此成家立业，落地生根。

园区大家庭还培养出了很多人才，许多园区企业重要部门的负责人，都是在园区里成长起来的。

那些来自欧洲，原本水土不服的外资企业，不但能来得了，而且也能稳得住，并迅速发展壮大起来。

落户园区的外资企业，一家又一家实现投产之后，“欧博企业管理咨询公司”，那种体贴入微的保姆式服务仍然没有休止符。

根据实际需要和企业意愿，为减轻入园企业的非经营方面的事务，促进其更专业化经营，减少日常运营成本，所有外企的后勤配套服务还得由园区管理，园区对各外企的财务管理帮助还是难以放手。

宁波欧洲工业园在初始阶段，就成立了园区财务部，财务部的职能是为招商引资进来的欧洲企业在财务管理方面提供服务。

国内的财务方面法律、法规、政策与国外不一样，而且比国外相对复杂，还有税收方面，包括税种、税目等等，处理起来完全与欧洲的观念不同。当时在所得税方面，外资企业还可享受“两免三减半”的优惠政策，这些对于欧洲来投资的外宾，手续操办起来也都是极不容易的。

银行业务方面，包括结算业务的办理，特别是有些企业有融资需求的，涉及的范围和部门更广，授信的审批、担保抵押的办理，这些都需要由园区财务部给予协助。

为了更好地为外企服务，园区财务部高薪聘请经验丰富的财务人员，来指导各企业的财务管理工作，还为每个企业配备了一名主办会计与一名出纳人员，由老带新，培养内部财务人员。同时与社会上的会计师事务所签订合作协议，定期为园区的财务人员进行业务指导和培训，请当地税务机关的税务干部上门为园区财务人员进行税收法律法规、出口退税方面的培训与指导，快速提高各财务人员在财务和税收办理方面的实务操作水平。

2005 年初，有一家从西班牙引进的外资企业，在西班牙非常知名，管理也十分规范，并且派驻园区内企业的外籍人员素质也很高。起初该企业在财务管理方面没有接受园区财务部的帮助，财务人员实行自行招聘，银行、税务方面的事务都由自聘财务人员去处理。由于招聘到的财务人员业务知识、能力不够，不能全面掌握和熟练操作外资企业的各项财务工作，从而产生了一系列的问题：支付给供应商的货款出现差错，从西班牙汇进来的资本金无法办理结汇，税收优惠政策方面的享受不能办理等等。

得到了园区的帮助之后，经过园区财务部与有关部门的沟通与协调，才使问题及时解决。

为了更好地为园区外企做好服务，园区财务部在园区发展之初，财务管理包括人力、物力、财力方面的投入都非常大，最多的时候，财务人员多达二十余人。

2008 年，工业园内所有建设工程全部竣工之时，招商引资进来的企业也全部到位。

除了朱光然自己的“宁波爱握乐新能源科技有限公司”，“加泰罗尼亚洁具（宁波）有限公司”和“堡德（中国）卫浴有限公司”等注册入园之外，还有来自西班牙、意大利、法国、德国、英国、荷兰、丹麦等，欧洲七国的 30 多家外资企业，在宁波欧洲工业园落户，总投资约 7000 万美元，比开发区与朱光然协议时的要求，翻了一番多。2015 至 2017 年，为国家创造税收分别为 5000 万元、7000 万元和 9000 万元。

至今园区内的每一家外企老总，回想起企业落户园区以来的发展历程，都不会忘记园区管委会对企业的帮扶作用，说“朱会长”对他们企业的贡献，绝不是“扶上马”“送一程”，而是不论晴天雨天，一路相伴到底。这样，才使得他们的企业入驻宁波欧洲工业园后，从一张白纸开始，与园区，与起初的慈溪经济开发区，之后的宁波杭州湾新区，做到了同命运，共成长。

39　企业家的胸怀与责任

对于做企业，闯荡商海几十年的朱光然认为，诚信做人，用心做事，是一个成功的企业家必须遵守的信条。质量则是企业的生命。他觉得一个地方该引进的，不仅仅是项目和资金，比项目和资金更重要的是企业家的品德及其经营管理的理念。他觉得做企业，不但要有智慧，也要有气度，更加不可或缺是要有诚实守信、与人为善、吃苦耐劳、精益求精等企业家的品质，这是做人的立身之本，也是品牌企业成长壮大之本。

朱光然的“宁波爱握乐新能源科技有限公司”，作为宁波建委太阳能应用研发示范基地单位，和所有国外企业一样，拥有高新技术和先进的经营管理理念。他的“加泰罗尼亚洁具（宁波）有限公司”，也因在2001年与西班牙百年老牌企业“堡德卫浴”进行战略合作，拥有了西班牙强大的技术背景和优秀的设计研发团队，其开发的系列卫浴新产品实现了全线畅销。

与之形成鲜明反差的是，当时的欧洲工业园附近为之做配套产品的一些小企业，没有质量意识，质量管理要求不高，缺乏统一标准和规范。

朱光然以一个企业家的胸怀和高度的责任感，着手谋划如何以园区企业为引领，促使周边配套企业加强质量管理，提高产品质量标准，推动周边本土企业实现共同发展。

朱光然以管理理念作为切入口，给那些小企业灌输质量意识和诚信观念，譬如涉及签订规范合同，制定质量标准，确定交货期限，规定付款时间等等。

就拿按时付款来说吧，欧洲工业园内欧洲企业从来都是按规定，每一月一次付款，合同约定的时间一到，货款定会准时汇入供货商的账户。这让当地的企业很惊讶，因为他们从来没有见过这么守信的公司。以往企业催要货款，都是一次又一次地上门，常常还得请客吃饭上歌厅，甚至上门送礼才能拿到钱。

朱光然告诉他们这就是欧洲企业的诚信，欧洲的企业家都会将诚信视作企业之魂。

这些方面使当地企业触动很大，教育也很深刻。

朱光然觉得国内的企业及企业家，跟欧洲相比，特别缺乏一种“工匠”精神。有工匠精神的企业和企业家，就能对自己生产的产品，有一种精雕细琢、精益求精的执着追求，否则，就会心浮气躁、急功近利，看不到长远利益，做不出自己的品牌。

朱光然喜欢不断改善自己的产品工艺，不断雕琢自己的产品，堡德卫浴的每一件洁具，不仅实用，而且极具美学价值。精巧的设计，精致的工艺，精美的造型，每一件产品都仿佛一件艺术品。他就是要以精雕细琢、精益求精的精神，追逐卓越，享受着产品在自己手中升华过程所带来的快乐，同时也给他的配套产品供应商做出表率，从而带动整个产业链一起提升品质。

朱光然觉得做企业只有做到了专心致志，一心一意，才能在长期的竞争中获得成功。做企业的过程，不仅是财富升值的过程，也是实现人生价值和精神享受的过程。

面对火热的房地产市场，许多企业纷纷改行买地开发，财富像滚雪球一样增长。也有朋友劝朱光然不妨下水一试，否则就是坐失良机，朱光然只是浅浅一笑，说:“我只做水龙头！”

这也许是朱光然到欧洲多年，在西方文化熏陶下才形成的秉性。在欧洲一个人几十年专注于一件事，不足为奇。有的家族祖上开个酒吧、饭店，好几代人传下来，还是开那么一个小酒吧、小饭店。有的家族祖上开了个小工厂，生产皮鞋、皮带、皮包之类的小皮件，几代以后还是那个样子，一如既往，既投入又专注，做得有滋有味。

朱光然有个西班牙的朋友，祖上是酿酒的，传到他手里，都记不起多少代了，他天天专注于工作，只做酿酒，乐此不疲，四十多岁仍是个“快乐的单身汉”。

除了兴办企业报效祖国，培养社会有用人才，带动周边配套小企业提升质量标准，实现共同发展，为国家增加税收，为社会增加就业机会之外，朱光然还热心于社会公益事业。

他先后在中国各地为慈善事业捐款四百多万元。他的心牵挂着贫苦民众，总是见难相帮，见危相扶。他为杭州湾新区的教育基金投入二百六十五万元。

地震灾区，贫困山区，福利院，孤儿所，常有他的爱心足迹。

朱光然说行善积德是一个公民的本分，作为一个企业家，为社会慈善事业作点贡献，更是一种义不容辞的责任。随着企业进一步做大做强，他一定会对祖国的公益事业投入更多，做出更大的贡献。

朱光然多年来孜孜不倦的努力，获得了政府和社会各界的广泛认可和赞誉。

他先后获得“宁波市荣誉市民”、“宁波市招商大使”、“宁波市侨商协会永久名誉会长”等称号，受聘为“宁波市政协外事顾问”，“慈溪市政府高级经济顾问”。

1999年和2009年，朱光然两次应邀参加，中华人民共和国“建国五十周年”和“建国六十周年”庆典活动。

2015年9月，受邀参加“纪念中国人民抗日战争暨世界反法西斯战争胜利七十周年”阅兵观礼。

这些既是荣誉也是激励，对朱光然来说，更是一种鞭策，他总是觉得自己做的还不够，而祖国和人民给予他的荣誉和肯定却很多，他尤其感激各级侨务部门的领导，在他一路成长过程中，给予他的鼓励、支持及帮助。

40　朱会长和他身边的小伙伴们

宁波欧洲工业园里的所有员工都知道，园区里有个朱会长。大家伙之所以都称呼朱光然为“朱会长”，是因为身为“宁波欧洲工业园董事长”的朱光然，还有个社会职务叫作“西中友好投资促进协会会长”。

“朱会长”，虽然在欧洲创业多年，还入了西班牙籍，但在他身上体现更多的仍然是炎黄子孙的血脉和中华传统文化的基因，他平易近人，和蔼可亲，在员工们心目中就是，“宁波欧洲工业园”这一大家庭中，可敬可亲的慈父。

宁波欧洲工业园里的员工张裔频，来自江西宜丰，2004 年 2 月入职，先后十多年，在欧博企业管理咨询公司从事驾驶员、保安队长、综治主管等工作，现任欧洲工业园工会主席，“欧诺物业”管理有限公司负责人。他印象最深的一件事是，在给“朱会长”当驾驶员的时候，有一次出差至某酒店，大堂经理箭步上前迎接并致问候。当问及作为随从的他，是不是“朱会长”的公子时，他心里“咯噔”一下难以作答。“朱会长”一句既智慧又不失风趣的话，化解了他的难堪，“朱会长”说：“是呀，公司的年轻人都是我的孩子！”

在朱光然身边工作，张裔频觉得特别温暖，他说也就是老板这种对员工体贴入微的关照，使他认定宁波欧洲工业园，这就是他应该认真踏实地工作一辈子的地方！

员工聂忠光来自吉林磐石，2004 年 3 月入职，在园区先后从事普工、技工、线切割班长、车间主任等工作。

十几年前，他刚入职时还不认识“朱会长”，可常会在园区里遇见一位长者，主动地向他打招呼，他好生奇怪，心想：“这个老头到底是谁呢，这么和蔼，这般热情？”

搞清楚那就是他们的老板时，他挠挠脑袋脸红了，内心既欣喜又尴尬。

记得第一年过春节，由于有国外订单没完成，需要赶货，他没能回老家与家人团聚，内心里感到几分凄凉与孤独。

“朱会长”得知后，特地赶到了车间看望加班加点的工友，给大家送来了节日慰问品，温暖了工友们的心。

刚入职园区的时候，园区里还没有自己的宿舍楼，临时住在开发区安排的生活区里。那里是铁皮房，夏天房间内又闷又热，异常煎熬。“朱会长”有一次去看望员工，得知这个情况，马上协调有关部门，对房屋进行隔热处理，让房顶添加了一层红瓦，使房间内凉爽了许多。

在聂忠光接管“喜瑞菲”——加泰罗尼亚洁具（宁波）有限公司下属专做钢帽软管的公司，仅仅两个月的时间里，发生了两件让他刻骨铭心的事情。首先是一名冲压工因违规操作，手指被冲压机压伤，年仅二十几岁就缺了一截手指，造成残疾。受伤员工痛苦和绝望的表情震撼了他，让他几天几夜茶饭不思，寝食难安。

其次是由于“喜瑞菲”前任领导管理不当，无序生产，导致一万多条花洒软管与螺母尺寸不符，客户不肯接收，在仓库里积压。

对受伤者如何安抚？库存积压的问题怎样解决？广大员工的情绪怎样梳理？一系列的问题，让刚走上管理岗位不久的聂忠光感到十分棘手，使他陷入了困境。

“朱会长”得知后耐心地安慰他，并与他一起探讨解决办法。在“朱会长”的直接指导下，聂忠光面临的问题，很快一一得到了顺利解决。同时，“朱会长”还鼓励聂忠光勇于改革，大胆创新。

不久，聂忠光对冲压机、下料机进行了改革，使得日后的生产效率和安全生产保障都得到了不同程度的升级。

回想起来，在欧洲工业园工作的十几年里，“朱会长”给予他的关爱、指导、支持和帮助，让聂忠光无法一一表述，他十分动情地说：“‘朱会长’就是我职业生涯中的指路明灯，我用一生来奉献这个企业都不为过！”

王西秀，来自山东菏泽，2004 年 9 月入职，先后从事英语翻译、外贸经理、总经理助理等工作，现任加泰集团董事长助理、宁波欧洲工业园党总支书记。

十几年前，王西秀来到园区的时候，“朱会长”已五十出头。在她的印象里，当年五十多岁的“朱会长”还很年轻，他步履矫健，走起路来连一般的年轻人都难以跟上。即便时至今日，年近七旬的“朱会长”，仍然思维敏捷，在他身边工作的员工，都感觉到有些吃力。就说做个简单的会议记录吧，没有经过专门的速记训练的人，就会感觉跟不上速度。

王西秀觉得，跟着“朱会长”能让她学到许多书本里学不到的东西，“朱会长”一些解决问题的方法，往往都是他本人在摸爬滚打的工作实践中，自己摸索出来的，比较接地气，不但管用，还易懂易学。

她非常庆幸，自己能够遇到像“朱会长”这样如父亦母的好领导，就在园区安下了心，工作、学习、生活，结婚生子，为人妻为人母，成为了新宁波人。

十多年来园区内的企业生产不断发展，员工队伍一天天壮大，类似于王西秀这样，扎根园区，与园区同风雨、共成长的员工，还有很多很多。

眼下的宁波欧洲工业园所在地，是浙江省重点发展的杭州湾新区，成了举国关注的投资热土和正在崛起的产业新城，上海大众和吉利汽车整车制造项目，年产百万辆、产值 4000 多亿元的完整产业链已经在此完成布局。十二平方公里的通用制造产业园已经落成，十多家五百强企业在这里投资，高层次人才每年增加一万五千人以上，人们愿意在这里扎根已不足为奇。而当年四周围还是茫茫滩涂一片的欧洲工业园，能把人才招得来，并且留得住，稳得牢，靠得多半还是“朱会长”个人的方法策略及其人格魅力。

有个叫张和胜的员工，刚入职时在“朱会长”的企业任抛光工，因工受伤后调任物业公司做宿舍管理员，承担园区公共设施的维护和巡查工作，2008 年因家庭原因不得已离职。

离职的前一天，张和胜含泪沿着四百亩欧洲工业园的围墙，恋恋不舍地绕了一圈又一圈。

“朱会长”获悉此事后，深受感动，专门委托“总经办”给已经回到老家的张和胜寄送了礼物，感谢他多年以来在园区的辛勤付出。

正因为如此，有许多人离开园区，又重回园区。凡是在园区做过事的人，“朱会长”总会教导你，要诚信做人，认真做事。说不管你到了哪里，有了真才实学真本领，何时何地都能用得上，否则，糊弄了事，耽误的还是自己。

凡有过在园区实习或工作经历的人，到周边企业应聘都很受欢迎，穿着欧洲工业园的工作服去应聘，就能多加一百元的薪水。普通员工一出去就能当个班组长，或者其他什么小头目。

一旦有人跳槽了，“朱会长”也不会抱怨。跳槽的人因为觉得“外面的世界很精彩”，在别的企业转了一圈，又开始怀念欧洲工业园，重新回头了。只要是人才，“朱会长”总是不嫌旧隙，照样欢迎，并予以重用。

朱光然就是有这样的胸襟。

宁波欧洲工业园就是个培养人才的摇篮，为园区内外的企业培养了许多人才，也有许多人就因为与欧洲工业园结缘，而走上了创业致富之路。

张雯馨来自安徽，2004 年毕业后到“朱会长”在芜湖的贸易公司实习，2005 年 1 月份来到宁波欧洲工业园，从一个小小的外贸跟单员，逐步成长为公司的部门负责人。

2009 年她又回安徽开专卖店，专营公司的产品。

张雯馨印象最深的事是，2005 年 1 月，“朱会长”到他在芜湖的贸易公司视察工作时，有人夸张雯馨的工作不错，“朱会长”简单了解了一下她的情况后，就跟她说："来宁波欧洲工业园总部上班吧，到了那里你就会明白，什么才是真正的公司、真正的企业！"

看着眼前的类似于慈父般的慈祥老人，张雯馨的内心有了憧憬，有了期待。

对于刚入职的员工，"朱会长"除了对他们工作上的培养，生活中更是像长辈一样，给予周到细致的关心与呵护。看到小女孩冬季里手生冻疮，会买一支冻疮膏，悄悄放到她办公桌上；听同事说她血糖低，每天发晕，会给她买点补品，让人转交；到了周末，他就请妻子叶民花做一桌丰盛的饭菜，犒劳那些远离父母到园区企业打拼的孩子们，让他们感受家的温暖……

张雯馨说，当员工的时候，她充分感受到了"朱会长"给她们的父亲般的爱护和包容。自己当老板的时候，她也就学习"朱会长"，将爱护与包容，信任与培养，传递给她的员工。回想往事张雯馨说，她们在"朱会长"手下工作的时间非常有限，有的只是短短的几年，但受益却是终生的！

2006 年，园区发展初具规模，为了更好地服务员工，欧洲工业园面向在职员工，公开发包食杂经营部。在职员工杜红波通过公开竞投，最终成功中标。

他非常高兴地感慨道："朱会长"当年把他的家乡人带到西班牙发家致富，我来到了园区，如今也有机会把我的亲人，带到欧洲工业园来就业致富了，感谢"朱会长"给了我这个机会！

杨洪波是 2004 年到园区的，他参股园区里的设备公司，和"朱会长"一起合作进行设备开发，几年后在园区有了自己的工厂，成了一名名副其实的"老板"。还在园区所在地的杭州湾新区，买了自己的店铺和住房。

他说是"朱会长"为他创造了机会和条件，如果没有"朱会长"，他只能打一辈子工，最后能成为车间里的一名负责人，就是万幸了。

钱同杰是慈溪本地人，2004 年 5 月大学一毕业，他就来到欧洲工业园，他从公司出纳、主办会计开始，做到了财务主管、财务部长，现任"加泰集团资产管理中心副总。

入职 15 年来，钱同杰体会最深刻的是，在宁波欧洲工业园工作，只要你肯努力，任何人都有升职的机会。

来自西安的西语翻译郭静，在园区工作了十多个年头，她说“朱会长”身上最可贵的就是那种执着与坚忍不拔的精神。

陈北南来自重庆，通信管理专业毕业，现为园区加泰集团综合管理中心副总。他能说会道，应聘园区前，在宁波的多家企业上过班，还有过企业人事管理方面的阅历和经验。

陈北南到园区应聘的时候，园区还仅仅围了一道围墙，第一幢厂房刚刚落成，几乎什么配套设施都还没建。在那样艰苦的条件下，能让自己留下来，而且一干至今，十多年，回想起来，他觉得主要是因为园区的“头儿”朱光然和马敬儒，管理尊重制度，工作规范有序，并且做到既体恤下情，又以身作则，率先垂范，让他看到了未来园区的发展前景。

说到董事长体恤下情，陈北南说，他入职之初有两件小事令他感动至今。

陈北南应聘的是人事处负责人岗位，但由于园区发展之初人手紧，常常一人顶几人用，他就同时兼管食堂管理员的工作。

一天，他到二十多公里外的慈溪市区，为食堂选购餐具，买好了东西，已经搭不上到园区附近的班车，心里着急就直接给董事长打电话求救，说食堂的师傅还等着使用他买回的餐具呢。没想到董事长二话没说，挂了电话就亲自开车到市区把他接了回来。

另一件事是，有一次他无意之中说到一位同事的小孩在学校扭伤了脚，想不到董事长当天傍晚就买了礼品，到同事家去慰问。这样暖心、贴心的事情还有很多，董事长为员工的关爱与付出大家都看在眼里，记在心上。

41 欧洲工业园里的欧洲企业家

安东尼，巴拉乐五金制造（宁波）有限公司总经理。

他作为一个西班牙人，第一次到中国是在 1999 年。那一次他只在中国逗留了一年时间，中国给他留下了愉快的印象。

他说中国是一个从很多年前就开始，自己进行工商业变革的国家，国民对知识如饥似渴，尤其是在学习西方国家的经济管理方面。中国人对外国人亲切、友好和慷慨——这是外国人对中国人的普遍评价。那时候，已有一些外国的制造商在中国投资。

安东尼说，所有这些企业，都有着双重目的：一是把中国作为制造加工基地（鉴于其比较低的操作成本），向其他国家出口产品；二是为将来能参与到体量巨大的中国国内市场做准备。那时，一些西方媒体在说到中国时会说，中国这条沉睡的巨龙醒来后将产生出乎意料的后果，将会给世界的其他国家带来巨大的影响。

十年后的 2009 年，安东尼再次来到了中国。此时正值全球经济危机，他这次是为了在中国待更长的时间。

通过比较研究，安东尼看到，在西方许多国家，包括政府和私人机构，由于糟糕的政治经济管理，演变成了一场严重的金融危机，甚至到今天都还没有完全恢复过来。然而，中国在那些年里，经济年平均增长率一直保持在两位数。

在经济危机之前的几年，一些外国的中小企业已经开始在中国设立分公司，当时最基本的想法只是减少成本，和能与国外竞争，这些企业也或多或少遭受了经济危机的影响，但是，总体上看，就因为它们做出了在中国设厂的决定，帮助他们度过了经济危机中那些最艰难的时段。

安东尼认为，虽然对于国外的投资者，中国是一个开放的国家，但过去国与国之间的联系并不紧密，许多人对于中国的风俗、习惯、文化，以及这个国家的动力因素，特别是对于中国的法律和官方程序的复杂性等诸多方面都缺乏应有的了解。而要在中国建立一个外商独资企业，这些又是必须要知道的。一些国外的企业，就只能和当地企业合资，作为其在中国设立分公司的初始方式。在这样的情况下，许多国外的企业就需要付出更多的时间和财务资源，以便获得稳定的效益，这种效益是很少量的，或者简单地说是不会有业绩的。

就是在这样的背景之下，朱光然先生——这位祖籍中国现籍西班牙的有眼光有气魄的企业家，他着手创办了一个规模很大，并且建设过程复杂，潜在风险也很大的项目，这个项目就是位于宁波的欧洲工业园。

安东尼说，这个项目能否成功？决定因素在于朱先生本人，他的能力、付出，以及他对中国和西班牙两国方方面面情况的深入了解。另外，也让中国和西班牙两国的一些私人机构，和高级别的公共机构，参与到了这个项目中。还有一个关键秘诀在于选址，这个项目的位置接近中国重要的港口和机场，处于长三角的几何中心，即杭州湾新区。这个新区，在其发展的头些年，还不稳定，但之后的趋势很好，前景广阔，空间永远大于想象。

我们作为外企刚刚落户中国时，遇到的困难原本应该会很多的，除了需要了解政府和当地机构的要求，以便获得企业经营开始的相关许可外，对于企业经营所有涉及的相关法律，对于如何处理好企业与员工之间的关系，企业与供应商或客户之间关系等等知识的了解也是基本的和必需的。朱先生，对于在这些方面了解匮乏和毫无经验的国外企业而言，是一个行家能手。不仅帮助入驻企业获得必要的许可证书，更为重要的是，他作为指导者，能给这些企业指出，在与员工、供应商和当地客户以及机构，关系处理中应遵循的路径。

当然，一旦企业在朱先生的欧洲工业园入驻，这些企业也会从其母国外派人员，以担任在这个园区所设立的企业里的相应职务。而这些派来的人，往往和他们的企业一样，大多数也是缺少在中国的经验，教育、健康、饮食、习惯等等，两种不同生活方式，接受方面的困难会很大。

在很多情况下，是由于朱先生伟大的个人品质，使这些外派者在他身上获得了必要的帮助，而解决了相应的问题，并适应了在新环境中的生活。

贝德罗是欧洲工业园里，西班牙法来西都公司的董事长。

贝德罗说，在朱先生回中国投资的很多年前，我就认识他了。我们之间的友谊是建立在专业业务基础上的。我记得非常清楚，有一天他问我："你为什么不到中国建个工厂呢？"

那时候由于在西班牙国内竞争非常激烈，一些企业开始外出亚洲国家建厂。我的印象里，那时（2002 年）到中国建个工厂，对于像我们一样的小企业是一个几乎不可能的事。

朱先生宽慰我说，你不必担心，到了中国，我会在各个方面帮助你的。

有了朱先生的这句话，我们就去了。我记得我们是住在朱先生为我们订的宁波的一个酒店里，然后开始和当地的供应商及政府机构进行联系的。

经过许多方面的咨询之后，2002 年我们在慈溪市的一处地方建了厂——那时朱先生的工业园还没有开建。我们从西班牙进口了新的设备，主要生产不锈钢软管产品。西班牙派出两位技术人员到厂里指导，但仍然离开不了当地朋友的帮助。有时由于我们在中国没有经验，就需要朋友非常大的耐心来处理。

有一天，朱光然先生突然给我打来电话说，贝德罗先生，来，我让你看看我们正在建设中的工业园！

我们乘着一辆破旧但实用的旧车子，摇摇晃晃地开在一条沙土路上，去一个只有烂泥和野鸭的乡下区域。

车子到了无法继续行进的地方停下来，朱先生远远地指着一片滩涂，信心百倍地跟我说，那是我们的工业园，园内将要建成十五万方的标准厂房。工业园墙外的大路将会是单向四车道的高速路，旁边还有自行车道。离园区不远处会建五星级酒店。园区所在地将会是一个拥有五十万居民的全新城市。所有这些都会在若干年年内实现。

我非常惊讶，因为当时什么都看不到，眼前只有小水沟与烂泥塘。可是短短几年间，事实真的就像朱先生向我介绍的那样，发生着巨变：宁波杭州湾大桥，在短短五年间就建成通车，园区到上海的车程从五六个小时，缩短到了一个多小时。宁波杭州湾新区，一座现代化产业新城，在一片荒芜的滩涂上迅速崛起！一天一个样，年年大变样，工厂，大道，高楼，酒店，学校，医院，公园，健身场所，娱乐设施等等，现代大城市里应有的元素，这里都已经拥有。这里还有了“浙江小浦东”的美誉。

我对中国人在大项目上的能力，对中国人办大事的能力和工作效率，对中国近几十年的发展速度，对中国迅猛发展的高速公路和高速铁路，这一切的一切都深感惊讶，印象极深！

我的企业入驻工业园后，一直得到了朱先生的不可估价的建议和直接帮助。至今无法忘怀的还是，在中国出现SARS疫情的那段时间，我有好几个月不能去中国，但是朱先生和其他园区领导一直勇敢地在工厂，所有时间都在关照着我的利益。

多亏如今我们在中国有那么一家非常规范的，拥有所有国际认证的工厂，让我们的企业取得长足发展，能够到全球性的所有市场去参与竞争，不但巩固了欧洲的市场，还开拓了中东的市场，我们现在也还有一小部分产品投放中国市场。我们对企业未来的发展和市场前景，还是非常看好，和充满信心的。

回想起来，要是没有朱先生提议我到中国投资办厂，这些是不会发生的。要是我的企业没有入驻朱先生的欧洲工业园，要是没有在方方面面得到朱先生的无私帮助，我在中国的企业，毫无疑问也不会有今天这么好的发展。

路易斯·米盖尔，是宁波隆德五金制造有限公司董事长。

他说提起朱先生，他有太多的话要说。

路易斯·米盖尔非常激动地说："就因为有他为我们提供的便利，我们才能够在中国发展我们的项目，同时，也能对中国几千年的伟大文化有了一些了解！"

他说作为熟悉西班牙人与中国人行为方式的行家能手，朱先生总是知道如何将两者结合在一起，从而找到对所有人最好的途径。我有机会与他及他太太一起到中国的不同省份旅游，这让我有机会接近这个国家不同层面的人，也因此对中国人的家庭概念有了更多的理解。知道中国人的家庭观念普遍很强，讲孝道，强调亲情，注重和谐。

我觉得中国是个很有魅力的地方，这也是我从几年前开始学习中文的动因所在，我就想着有一天能够用流利的普通话，与不同方面的中国人进行直接对话，直接沟通。

2016 年 12 月，"隆德"举行了公司成立十周年纪念活动，轮到我做开场致辞时，我说了如下的话语："首先，我们是如何选择了慈溪杭州湾这个地方的呢？在 2004 年，我们的西班牙公司正在中国寻找拥有良好设施，并且适合我们建厂的地方。得知在慈溪正在搞一个欧洲工业园项目，项目是西班牙公司做的，专门面向欧洲企业招商，这个对我们是很有吸引力的。就这样，我认识了朱光然先生，了解到朱先生是位入了西班牙籍的中国华侨，祖籍在浙江青田。我二话没说，就让我们的企业进他的园区了。从那一天开始我就与朱先生成了朋友了。感谢朱先生为我们所做的一切！"

何塞·马里亚，西班牙飞立堡德卫浴股份有限公司总经理。

何塞·马里亚说，我是 2004 年底到宁波为我们的新工厂选址时，认识朱光然先生的。那个时候，朱先生的宁波欧洲工业园是一个刚启动的在建项目，还只有第一幢厂房。

被朱先生的战略眼光和创业精神所感动，我向朱先生竖起了大拇指！然后带着 BOET 堡德，怀着进军中国，服务世界的梦想，与西班牙 ITC

GROUP 加泰罗尼亚集团进行战略合作，和朱先生等一起在宁波欧洲工业园开设分厂。

BOET 堡德是世界知名的卫浴品牌。

1918 年 SR.FELIU BOET COMAS 飞立堡德先生在巴塞罗 MONTANER 大街六十七号初创公司，并生产出第一个铸造水龙头。1928 年，公司以“堡德 BOET”作为核心打造的品牌，研发和生产出多个系列水龙头产品。1943 年，堡德推出新一代性能更高的水龙头。1963 年，开始生产系列化产品。1991 年，工厂扩大，将所有生产工序全部集中到这个工厂，使用了当时最先进的抛光、机加、铸造设备及检测设备。其前瞻性的设计和便捷的使用功能受到市场的追捧。

堡德 BOET 走过整整一个世纪的时光，公司始终以品质、创新、服务、共赢作为核心发展理念，成为西班牙家喻户晓的一个知名品牌，产品远销欧、美、非等世界各地。

何塞·马里亚主要负责国外销售战略，并依托西班牙强大的技术背景和优秀的设计团队，开发全线畅销的卫浴产品。优雅清新的欧洲时尚设计、先进完善的国际一流设备、专业强大的制造能力，以及热情周到的客户服务，堡德 BOET 成为知名酒店、别墅和公寓项目的工程整体卫浴的优质制造商及合作伙伴。

谈到战略，何塞·马里亚说，在全球化方面还是以专业化的战略为主，我们不去涉及任何一个跟自己专业不相关的行业。百年来的品牌只专注于做卫浴，所以也想把百年品牌很好地维系下去，把品质、设计、服务、管理，一直好好做下去。整个布局来讲，欧洲市场是我们的第一市场；中国市场是我们第二大市场，渐渐由中国辐射到整个亚洲；第三大市场是在整个北美洲和南美洲。三到五年内，我们在中国会做得更加精致、更专业。

何塞·马里亚认为世界上有两种人：一种是有梦想，并为梦想打拼的人。另一种人，既没有梦想，更谈不上为梦想打拼，将来他们会慢慢消失在这个世界上，仿佛就跟从未出现过一个样。

他说他的朋友朱光然先生，就是第一种人，并且是其中著名的一员。朱先生尽管背井离乡，却获得了很多，这都得益于他的想象力和勇气，他从不向困难屈服！

42 寻根访祖培育中华情

移民西班牙三十多年的朱光然，胸中始终跳动着赤诚的中国心。目睹实行改革开放而腾飞的中国，他为今日祖国之繁荣昌盛由衷地高兴、自豪、骄傲！强大的祖国才是华侨坚强的依靠！

身在异国，他时刻不忘思念故乡。思念那奔涌的瓯江，思念那巍峨的栖霞山，思念位于青田县油竹街道油竹村的朱氏祠堂——那里是他朱家的根。

根深叶茂。朱氏的后代们像种子一样撒向四面八方。朱光然下面的子孙后代，加上堂的表的，第三代，第四代，林林总总，两百余人，大多分布在欧洲的多个国家，面对可爱活泼的儿孙们，朱光然笑逐颜开，难以自禁。然而，他也有忧虑，海外出生的孩子们，有的不会讲中国话，不识中国字，不知道自己的故乡在哪里？对五千年辉煌的中华文明史，几乎一无所知！他觉得这是个问题，是个大问题。

他是长辈，应该不忘初心，牢记使命，他有责任督促大家在家里尽量讲中文，教孩子们写汉字，教育孩子们根在中国，始终不忘自己是中国人。

闲暇时刻，朱光然总会给子孙们讲一些历史故事，讲岳飞和花木兰，讲孙悟空和白毛女。他从中国带去图书和光盘，让孩子们看北京、上海、杭州、宁波和青田的美丽风光。

西班牙出生的孩子们，也喜欢听爷爷讲中国故事和看中国的图书，但眼神中却流露出丝丝迷茫和疑虑。他们感到这些故事很遥远，甚至觉得爷爷是在讲童话和神话。通常，他们熟悉的是哥伦布，是妩媚的弗拉明戈，热情的斗牛士和阳光普照的沙滩，享誉全球的海鲜饭，高品质的伊比利亚火腿。他们喜欢红酒和桑巴，还有看惊险而刺激的西班牙斗牛。

朱光然认为，人忘什么也不能忘了自己的根在哪里？自己的祖宗在哪里？孩子们长大后，还得为祖国做贡献呀！要和中国做贸易，或者像自己一样到国内投资办实业。所以，他们必须了解祖国，必须热爱祖国，而了解中国热爱祖国最好的办法，就是带他们常回中国看看，看看祖国的大好河山，走走前人走过的路，体会一下改革开放带来的巨大变化。

2017 年 7 月，欧洲的学校放暑假了。朱光然亲自策划的“西班牙华裔少年考察团”准备就绪。

这是朱氏大家族三代人的一次集体行动，这是一次远行，这是万里寻根。

他们要重走“长征路”，重温革命老前辈为了中国人民的解放事业，不惜抛头颅洒热血的大无畏革命精神，体验中国工农红军千辛万苦的经历。

六十八岁的朱光然，和同样高龄的太太叶民花，率领儿子、女儿、孙子、孙女、外甥、外甥女等一行十几人，怀着异常激动与兴奋的心情，从西方飞到了孩子们向往已久的东方。

国航客机在上海浦东机场缓缓降落，孩子们惊讶了：原来上海这么大呀！上海有这么多高楼大厦！上海大街上有这么多的人！

车过杭州湾大桥，长虹卧波，壮美奇观，孩子们兴奋惊叹：厉害了，我的国，我的祖国！

过了大桥，就是宁波杭州湾新区，这里有朱光然的“欧洲工业园区”。孩子们走进爷爷的“王国”，看到欧式的建筑，和欧洲人的企业与员工。他们感到既亲切又新奇，激动地围着爷爷，听他讲在中国创业的故事。

青山绿水间，是四车道六车道的高速公路，比西班牙的高速更加宽敞和漂亮。看着车窗外掠过的一切，孩子们深感惊讶与震撼，这就是家乡，家乡的建设与家乡的无限风光。

到了，故乡！这里是老家，这里是这个大家族追本溯源的根。爷爷、爷爷的爷爷，世世代代在这里出生成长，繁衍生息。

孩子们捧着海外带来的礼物，向家乡的长辈问候敬礼。虽然陌生，但心心相印。

听着家乡话，喝一杯家乡水，朱光然带领孩子们来到朱氏祠堂。

这幢用石头和木材构筑的老屋，是朱家的摇篮，它源远流长！面对老祖宗朱匡的雕像，按照家乡的风俗，庄重地敬上一炷香，磕头跪拜。

子子孙孙的血液里，都流淌着建造青田县城的祖先的血液。瓯江上飞翔的白鹤，是朱氏家族永远的荣耀！来到朱氏宗祠，孩子们油然想起朱光然常给他们讲到的，老祖宗朱匡担任青田县令时，在白鹤指引下切墙造城的故事。

孩子们记住了，记住了中国，上海、杭州，宁波，青田，记住了朱氏宗祠和白胡子的老人，还有瓯江上飞翔的白鸥（白鹤已经难得一见）。

43 祖孙三代重走红军长征路

按照行程，朱光然还要带领孩子们走更长的路，去更远的地方。

他觉得不带孩子们去走一走那条路——当年中国工农红军历经千难万险所走过的长征路，孩子们就无法更深地理解昨天的中国故事，无法更深地体会今天中国的蓝天艳阳，无法体会今日之美好生活的来之不易。

翻山越岭，一路跋涉，一行人来到了江西的红色土地，来到了“红都”瑞金。

红星、红旗、红缨枪，红军北上打东洋。

孩子们懂得了，中国革命的“星星之火，可以燎原”的道理。知道了一个叫毛泽东的人，为穷人挖井，领导中国工农红军，从这里开始长征。

一群来自西班牙的华裔少年，喝了从“红井”里打上来的甘泉水，在六十八岁的爷爷带领下，踏着红军的足迹，开始了他们的新时代“长征”。

走在最前面的爷爷，不时停下脚步，给孩子们讲述当年红军在长征途中发生的故事，以及留下来的诗句。

“于都河畔枪声急，血战湘江炮声隆”。

一个个红军战士们英勇无畏的战斗故事，一次次令孩子们震撼，让孩子们感动。孩子们一遍遍背诵着《长征》里的诗句：“红军不怕远征难，万水千山只等闲……”

重走“长征路”的这些孩子，都是在欧洲长大的华裔，最小的九岁，最大的十九岁。尽管生活在异国他乡，但他们的长辈依然严格要求他们从小学习中文，所以绝大部分的孩子都还能说一口流利的中国普通话。但谈到中国的历史，他们的脑子差不多是一片空白。

“西班牙的学校没有这门课，我自己也没有看过这方面的书。”十四岁的叶书含说。

中国这片神奇的土地，对朱家移民第三代的孩子们来说，是十分陌生的。

在重走“长征路”之前，朱光然让作为第二代代表的朱俊杰，给孩子们补上了一课。

“长征从哪里开始，到哪里结束，都经过了哪些省份？谁知道长征的路线图？中国工农红军为什么要进行两万五千里长征？参加长征的代表性队伍有哪几支？重点人物有哪些？长征途中出现过哪些重大事件？途中受过哪些挫折？在哪些地方出现过转折？长征精神给了你怎样的启示？”

如此这般的问题，朱俊杰整理了整整两页纸。他把两页纸的“长征路上预习题”，人手一份事先发到每个小队员手中，告诉他们，上面的每一个问题都是重走“长征路”的时候必须思考和解答的，旅程结束之后，每个人都必须上交一份令人满意的答卷。

朱俊杰还为之专门准备了《长征》纪录片，下载到孩子们的手机上，让孩子们在“长征路上”闲暇之时观看。人手一册《长征》组诗，要求孩子们背诵。

瑞金、沙坪坝、井冈山、遵义……

每到下一个站点之前，朱光然和朱俊杰父子俩，都会给孩子们讲讲下个地点的历史，讲讲当年红军到了那里遇见了哪些事？以提前激发孩子们的兴趣，使之对将要到来的地方充满期待。

每到一个新的地方，孩子们总会提这样那样的问题，他们心里有无数个问号等待着解开。

每一站的活动结束，朱家父子都会考一考孩子们对历史到底掌握了多少？有些什么感悟？

十一天的行程，孩子们每天都在进步，从不知道什么是长征，到了解为什么要长征，再到感悟长征精神，在这条不平凡的“长征路”上，孩子们有着许许多多非凡的收获。

“从井冈山上下来的时候，一行人足足走了两个多小时，三十多度的高温，漫长的山路，我们一度想要放弃，但一想到红军战士不怕苦、不怕累的精神，我们一个个都咬咬牙坚持了下来。”十三岁的叶芷吟在日记中写道。

“在参观一个江西古村的民族文化陈列馆时，我们看到了中华民族精湛的传统手工艺，栩栩如生的‘舞龙’，精巧的‘布艺’，精美的刺绣……实在太震撼了！讲解员告诉我们，这是我们中华民族的瑰宝，它们曾经通过丝绸之路传播到世界各地，这令我十分自豪！”十三岁的杨启阳说。

“在‘息烽集中营’，我们看到了关押革命战士的地方，形形色色的刑具，让我们对惨无人道的反动派异常愤慨。年仅八岁就为革命牺牲的‘小萝卜头’，又令我们十分崇敬。我们的内心都十分震撼，参观结束时，我们每个人都为革命烈士送上了一朵小白花，并深深地鞠躬。”十二岁的夏家宁这样写道。

沿着盘绕的山路，沿着红军的足迹，一群华裔少年来到了“岳麓山”上，又来到了碧波滚滚的湘江岸边，他们要寻找一个伟人的身影。

在他求学的地方，留有一首十七岁那年所写的诗：“孩儿立志出乡关，学不成名誓不还。埋骨何须桑梓地，人生到处有青山。”

这首励志的诗打动了各位少年的心。孩子们把它抄在本子上，记在心坎里。虽然所处的时代不同，所受的教育也不一样，但年轻的心是相通的，少年壮志和理想也是可以用同样的方式加以表达的。

“金沙水拍云崖暖，大渡桥横铁索寒”。

一行人乘坐的动车，风驰电掣，进入贵州，到了遵义，在青砖拱门前，仰望这幢西洋风格的二层楼房，听讲解员讲述历史的伟大转折，讲述“四渡赤水”的艰难曲折，气氛肃穆而沉重。

翻过乌蒙山，穿越金沙江。来自欧洲的华裔少年“长征路”进入第八天。

群山绵绵，山道弯弯，血腥征战的峰岭沐浴在和平的阳光下，仿佛仍听得见八十年前的军号和炮声，厮杀和肉搏。

这里是娄山关，苍山如海，残阳如血。

“而今迈步从头越”。

“西班牙华裔考察团”的孩子们，展开鲜艳的团旗，愉快地留影。

他们记住了这次活动，更记住了这条路，记住了这条在中国革命史上影响广大而深远的“长征路”。路漫长而弯曲，这是一条从黑暗走向光明，从昨天走到今天的中国革命之路！

回想起来，朱俊杰说这次的欧洲华裔少年祖国行活动，是孩子们在中国走的路最长，到访的地方最多的一次旅程，在很多个城市，他们看到了正在蓬勃发展的生机与景象，这些在孩子们的心中留下了极其深刻的印象，让孩子们为自己的祖国感到了自豪与骄傲。

生活在海外的华人，都深有感触与体会，只有祖国真正强大了，华人华侨们才能挺直了腰板做人做事。而如今的中国，足以令每一个在海外的中国人做到自信与坚毅。

这是一种文化的呼唤，是一种内心共有的文化根基的激发，强大的文化纽带将这些华裔孩子们与祖国紧紧地联结在了一起。朱俊杰体会到，通过这么一次活动，孩子们对祖国的感情更加深厚了。

多年在欧洲的生活经历告诉朱光然，了解祖国、保持民族向心力是多么地重要。他感慨万分地说：“我希望子孙们能够牢记，自己是一个中国人，始终对祖国有一种亲切感。在欧洲人对中国人有误解时，希望我的孩子们能够挺身而出，帮助消除误解。也希望他们始终明白，他们的背后，有一个强大的祖国在支撑着自己。”

“长征路”上，有太多的点滴让年近七旬的朱光然感动，也有太多的事情让他感慨，他想起改革开放不久，他刚走出国门那会儿，华人华侨在欧美等国家往往被人瞧不起，也常常觉得没有安全感。现如今，祖国的经济实力不断增长，中国在国际社会中的地位日益上升，这让在外的华人华侨也同样扬眉吐气。

从万里之遥的西班牙来的孩子们，也许他们并不完全了解这条路的意义，但他们会记住这条中国的长路和走在这条长路上的人。

六十八岁的朱光然拉着九岁的小孙子朱家腾的手，问:“孩子，中国好玩吗？”

“不仅仅是好玩！我还知道了很多自己祖国发生的故事呢！”孩子歪着小脑袋兴奋地回答。

朱光然满意地点了点头。

44　兼具中西文化基因的朱家传人

在年逾六旬的时候，朱光然将宁波欧洲工业园的管理重担，交给了他的儿子朱俊杰。

对于这个从小就移民欧洲，在西班牙长大的新掌门人，朱光然不担心他在科技创新方面的能力，让他跟着自己回到中国打拼，是寄希望于他在今后的自身成长中，能够植根祖国深厚的文化土壤，多吸收一些中国文化的素养，为企业将来进一步开拓国内外市场，为了让子孙后代薪火相传中国文化，做出应有的努力和贡献。

朱光然有一子三女，儿子朱俊杰是老大，1974 年出生，十一岁移民到西班牙，完成学业后，尊重父母的要求，跟随父亲朱光然回到国内创业。

朱光然对儿子感到十分满意，他一点也不像某些“富二代”那样只知道贪玩，也许是遗传了他的基因的缘故，他吃苦耐劳方面尤其像年轻时的朱光然。

中国沿海地区的一些干部，说到自己不分白天黑夜，没有休息日工作日地为群众服务，常用“白加黑”和“五加二”来形容自己的工作情形。提起儿子朱俊杰，朱光然也常常非常自豪地夸赞说，他的儿子干工作是真正地做到了“白加黑”和“五加二”！

被推上董事长宝座不久的朱俊杰，白天忙于打理“堡德（中国）卫浴有限公司”，和欧博管理咨询公司的日常事务。“堡德卫浴”在西班牙是妇孺皆晓的著名品牌，作为西中合资企业——堡德（中国）卫浴有限公司，是园区内朱家直接投资的主业，欧博管理咨询公司又是园区里三十多家企业的“总后勤部”，两者没有轻重之别，都很重要。

晚上时间，朱俊杰则需要将主要的时间和精力，用于同西班牙及欧洲其他国家的业务对接。欧洲与中国有六个多小时的时差，中国企业下班的时候，欧洲的公司正在上班。

通常一般上班族都在扳指等待，利用“双休日”两天时间好好放松自己，朱俊杰的“双休日”却仍然没得半点空闲，他除了在办公室梳理过去一周的情况，总结得失，制定好未来一周的工作计划，还得到卫浴产品制造车间去转转，因为制造企业的生产机器是没有“双休日”的。“堡德卫浴”产品，哪怕一个普通的水龙头，从原材料铜锭开始，到成品组装，也得经过几百道工序，需要层层测试，层层抽检，百分百合格之后方可装箱入库。

朱俊杰身上表现出来的那种勤奋，那种拼劲，那份责任心与担当精神，在他同时代的年轻人中，是极其罕见，也是非常难能可贵的。

朱俊杰从小移民西班牙，没有接受过中国学校里系统的国文教育，但东方文化的优良传统在他的身上并没有丢，他讲孝道，极具人情味，像他父亲当年一样有长子的担当，肯照顾弟妹。他尊重长辈，用餐时为长辈打饭递筷，早晚主动给长辈请安。他又不缺乏西方人的原则性，凡事讲原则，做事严谨、规范。他对子女教育严格，要求自己的孩子，在学好西班牙语的同时，不忘学国语，在家要讲青田话。每天的学习任务全部完成后，才能玩游戏。

朱俊杰还说，他的血液里是父母遗传的基因，他身上的一些好的品质，主要都源自父母亲的言传身教。

在朱俊杰的印象里，父亲就是没有白天黑夜地干活，无论是在国内弹棉花、跑销售，还是到了海外开餐馆、做贸易，总是忙得就像个陀螺，从不停歇。

父亲非常敬业、敢闯、能拼，无论在公司还是在家里，始终有着一份异常强烈的责任心。

父亲兄弟姐妹五个，他排行老三，上有哥哥姐姐，下有弟弟妹妹，可他从小就在家里起着顶梁柱的作用。

父亲对孩子的教育极其严格，要求孩子们从小开始勤俭节约，认真做事。朱俊杰和三个妹妹在国外都是“半工半读”，每天一放学，回到“中国城”饭店，就得放下书包干活。

父亲一辈子生活朴素、节俭，也严格要求子女们，将节俭作为中华民族的传统美德，代代相传。吃饭那是绝对要“光盘”的，一粒米饭掉到饭桌子上都要捡起来往嘴里送。

朱俊杰印象最深的是，还在国内的时候，父亲常年在外跑业务，有一次从遥远的东北跑业务回来，给他带回了一只漂亮的狮子狗，这是童年的记忆中父亲送他的最珍贵的礼物——也是父亲仅有的一次花钱为他买的礼物。

由于事业的原因，朱光然与家人总是聚少离多。常年奔波在外的他，始终没有忘记对家中孩子的教育，尤其重视对孩子做人方面的教育。不论走到了哪里，在给家里写信打电话时，首先问的就是孩子们在家的表现情况。在子女们的心目中，父亲朱光然是一个绝对的严父，但回想起来孩子们都很感激他们的父亲，说就因为父亲给他们上好了人生第一课，教育他们如何做人，才使得他们之后的人生道路越走越宽。

朱玉叶是朱光然最小的女儿。她眼里的父亲永远在奔波，在忙碌，小时候一年到头也难见父亲几面。父亲移民到了国外，刚刚站稳了脚跟，就把家人带了出去。刚刚来到一个城市，又想着去另外一个城市发展。好不容易一家人在巴塞罗那聚到了一起，父亲却又要回中国发展了。

“父亲一直在跑，我们永远跟不上父亲的步伐！”兄弟姐妹们都这样说。

刚到西班牙时，父亲为了让孩子们尽快掌握西班牙语，要求孩子们每天背诵单词。一有空就抽查，还要每个月进行一次考试，考试不过关就得在房间罚站。

朱光然对孩子们严教育，但从不打骂孩子。孩子们都体会得到父亲对他们的爱心，他们说父亲对他们严，但严中有爱，对他们爱，但爱中有严。

现在朱光然的孩子们都已成家立业，各忙自己的事业，各奔自己的前程。人人有属于他们这一代的兴趣爱好，和生活方式，但始终未变的是，父亲从小传授给他们做人的道理，包括道德、人品和精气神。

对于家庭，朱光然强调家风，他觉得一个家庭算不算幸福、美满，主要看家庭成员间是否相互尊重，彼此恩爱？和睦是家庭的基础。朱光然十分欣慰地说：“我的外公与外婆，爷爷与奶奶，父亲和母亲，彼此一辈子都没有红过脸吵过架。我和我的太太叶民花结婚四十多年，也从未吵过一次架。我希望我的儿子和儿媳，也是夫唱妇随，和睦恩爱。这是我们朱家的优良传统，也是和气生财之道。同时，这也印证了中国的一句古话：家和万事兴！”

45　乐此不疲的民间大使

孔子曰：十有五，而志于学，三十而立，四十而不惑，五十而知天命，六十而耳顺，七十而从心所欲……

孔老夫子的意思大概是说，人一旦到了七十岁，就算是真正老了，可以随心所欲，不必有别的什么追求了。

等到了2019年，朱光然就是七十周岁的人了。

眼下欧洲工业园里的工作，包括海内外的所有经营业务，朱光然都交给了他的下一代管理了，唯一让他歇不下来的，就是他“民间大使”的工作。

自从20世纪90年代，巴塞罗那第二任总领事罗道光，把他叫成“民间大使”，自从他组织成立了“西中友好投资促进会”，并亲任会长之后，朱光然不断带领外国客商到中国考察和洽谈业务，并时常陪同中国的企业家和政府官员到西班牙参观考察，个人先后带领来中国考察的外商企业有二百多家，企管上千人次。

甘当“民间大使”的朱光然，先后促成加泰罗尼亚自治州的赫罗那市，与吉林省的长春市结为友好城市；莱利达市与安徽省合肥市结为友好城市。

促成宁波大学的海运学院、海洋学院，与西班牙加泰罗尼亚理工大学的海洋海事学院，签署合作交流办学协议，使双方开展教育合作和联合项目研究，组织研讨会、讲座，以及本科生和研究生交换等一系列合作活动。

加泰罗尼亚理工大学，在西班牙排名第一，国际排名第三十七位，学院的海洋海事、港口、运输和桥梁等专业知名度很高，双方的合作，为提升宁波大学的国际化能力，提供了极大的助推作用。

还促成有着百余年办学史的，加泰罗尼亚理工大学纺织学院、工程学院，与绍兴文理学院纺织系和工程系，建立友好合作关系，极大促进绍兴文理学院办学水平的提升。

为了促进两地政府间，两所高校间的沟通与协调，在两个国家，两个城市间来回奔波，做着大量牵线搭桥的工作。

双方人员往来的接待工作，常让朱光然费尽了心血，许多招待开支都是由他个人来承担。

西班牙政府招待来宾的理念，并不像咱们中国人，“来的都是客”，做客的，陪客的，吃、住、行，所有的费用统统由政府买单。

西方人设宴：请谁？谁作陪？请吃什么？都是有极其严格的限制的。

邀请之外的人——譬如随从，就不在其招待之列，即便在同一张桌子上用餐，招待方也不会为之结账。

陪客的人，也有“公陪”与“自陪”之区别。在同一张桌子上陪同样的客人，一些属于非“公陪”的陪客者，其用餐的费用就得由其个人结账。

即便是受邀的客人，请你吃牛排就是牛排，请你喝咖啡就是咖啡，仅此而已，加点别的，增加部分的费用，通常也是需要客人自负的。

一些无法由政府负担的费用，自然就是朱光然个人买单。为图方便，为体现热情，来来往往的客人，中方的，西方的，能安排在他自己的“中国城”饭店招待的，他就尽量将他们安排在“中国城”饭店招待，所发生的费用，自然不会让他人去买单。

企业是国民经济的主体，国与国之间的深层次合作，主要还是在经济领域，因此企业之间的合作，显得极为重要。帮助政府做招商引资与引智工作，朱光然总是既积极又主动，常常不遗余力。

每次回西班牙，朱光然都会带去大量国内的招商引资宣传资料，通过拜访政府相关部门，以及商会、贸促会、企业家协会，宣传中国，宣传浙江，宣传宁波，宣传慈溪，宣传青田，说浙江、宁波、慈溪、青田是风水宝地，没有台风，没有地震，风调雨顺。说浙江人好，既聪明过人，又勤俭节约、吃苦耐劳、礼仪周全。说浙江的领导好，处处以身作则，有责任，有担当，对外资企业服务周到。

被人们誉为“民间大使”的朱光然，由于在工商企业界的信誉好，他的一些看似不经意的民间宣传，总能起到一些意想不到的效果。

随着中国改革开放的不断深入，随着中国逐步走向国际舞台中央，在国际社会中的政治经济地位日益提高。欧洲到中国考察投资的企业越来越多。

每当有企业与他联系，前来中国投资考察，朱光然都以极大的热情做好接待工作，以给对方一种宾至如归的感觉。

每当有国内经济代表团到西班牙考察，朱光然仍然鞍前马后陪同左右，还常常帮助联系协调，筹划考察方案，甚至提前出去打前站。每个批次出去，个人招待自然又是少不了。

也难怪宁波市政府，在朱光然先生的70岁大寿即将到来的时候，还专门授予他一个“招商大使”的荣誉称号。

老骥伏枥，移交了董事长宝座的朱光然，仍然离不开他一心缔造的宁波欧洲工业园，离不开一天一个样，岁岁年年大变样的杭州湾新区。他是共和国从站起来、富起来，到逐步强起来过程的见证人，也是杭州湾新区从无到有，从小到大，小荒芜到繁荣过程的见证人。看到自己的祖国日渐富强，看到从一片荒凉的滩涂上崛起的杭州湾产业新城，一派欣欣向荣景象，朱光然兴奋又自豪！七十岁高龄的朱光然，似乎一点也没感觉到自己已经老了！

“朱会长”忙碌的身影，仍然没有离开园区小伙伴们的视线。园区里的日常管理，已经有新的董事长——他的儿子朱俊杰负责，他既放手又放心。可是，他仍然是“朱会长”，对于“西中友好投资促进会”，他仍在履职，他所热衷的公共外交事业，仍然没有丝毫放松！

当年他下决心要建这个欧洲工业园，更深一层的意义在于，他要为西中制造业技术的深度交流，搭建一个更为直接的交流平台。这与他牵头组织“西中友好投资促进会”，愿意充当“民间大使”，其用心和出发点是完全一致的。

出生、成长在中国，到了欧洲创业，入了西班牙籍，又做过多年水暖器材进出口生意的朱光然，对于中、西方文化，对于中国和欧洲的企业与企业家，有着诸多的了解。

西方人做企业，大多讲规范，讲标准，尤其是有一种难能可贵的“工匠”精神。有的家族企业几十年、上百年就做一个产品，也有的家族几辈子就开一个小饭店或经营一个小企业。这样世世代代传下去，就做出了“百年”品牌。

而在国内，有些人做买卖，办企业，就缺乏对品牌的追求，没有“十年磨一剑”的“工匠”精神。甚至质量意识和品牌意识都不强，有的只讲数量，不求质量，有的急功近利，走捷径，一味模仿他人，搞“一窝蜂”，沉不住气，没有长远考虑。

落户欧洲工业园的外企，总部均在国外，所有产品都严格按照欧洲质量标准，进行生产加工制造。设在欧洲的总部，会定期派遣技术或管理人员到园区进行技术指导和员工培训。

生产的产品也都是面向欧洲，出口欧洲，每家企业都必须有欧洲各国的产品认证。一些认证单位，也会定期过来对各家公司、各家产品实行检测，进行产品认定。

这些对于园区企业里的国内员工们的素质提升，和周边小企业的管理水平以及产品质量的提升，无疑都是意义非凡的。

为园区内 30 多家外企，提供配套产品的供货商有百余家，起初这些生产商，质量意识非常淡薄，产品很难达到欧洲质量标准。有了园区平台，通过欧洲派遣过来的一些产品质量经理，为配套产品生产商提供经常性培训，辅导他们建立起相应的质量检验体系，使得当地众多的花洒、小五金、软管等方面供应商，大幅度提升了品质意识。之后，他们生产的产品，不但满足了欧洲工业园内企业的质量要求，还达到了直接自营出口的标准。

宁波欧洲工业园，充分起到了促进西中经济直接交流的平台作用，30多家欧洲企业的入驻，就等于将西方的一些工业技术，以及企业精神和先进的管理理念，直接引到了杭州湾新区。

工业园也成为了为周边相关行业的企业，培养“工匠”的摇篮，对周边地区卫浴器材产业链上的配套零部件质量标准的提升，起到了极大的辐射和促进作用。

同时，宁波欧洲工业园，也通过入驻园区的外资企业，把我们国内一些好的企业文化传播到了西方去，让西方人对我们这个具有五千年灿烂文化的东方文明古国，有着更多更全面的了解。譬如欧洲人强调讲制度，尊重法律，而我们中国人则重亲情，讲感情，关爱员工，提倡企管与员工平等相待。中国人管理企业，除了讲科学，依靠法律制度，还强调发挥思想政治工作的优势等等。

中国人的政治思想工作，能在企业管理中发挥那么大的作用，这是让海外的一些企业家感到惊讶，而难以想象的。工业园及入驻园区的各个外企，党、团、工、青、妇等各方面的组织都十分健全。开发区管委会需要贯彻落实某方面政策措施时，只要把文件发到区内统一的管理机构——欧博企业管理咨询公司，该公司的相关部门，即可将文件精神迅速传达贯彻到园区内所有的生产企业。

2008年6月19日，西班牙驻上海总领事馆总领事安东尼奥先生，国侨办张健青司长，浙江省、宁波市、慈溪市等各级政府官员，参加了中国宁波欧洲工业园的竣工庆典及剪彩仪式。

2008年10月，西班牙加泰罗尼亚大区政府科技、教育、工商及企业等多个部门的部长，到欧洲工业园以及宁波、慈溪考察，并与当地政府商谈进一步合作事项。

在朱光然的积极推动下，西班牙加泰罗尼亚大区政府，也一直致力于向当地的企业，推介宁波欧洲工业园，推荐宁波杭州湾新区，并将宁波欧洲工业园与整个杭州湾新区，确定为加泰罗尼亚企业到中国投资的首选之地。

COPCA（加泰罗尼亚大区贸易促进会）及SABADEL（萨巴戴尔）商会驻园区办事处正式入驻，并派专人DAVID ROSA先生在此办公，为落户园区的西班牙企业，协调解决生产经营中所遇到的困难和问题。

国务院侨务办公室原主任李海峰，在考察宁波欧洲工业园，听了朱光然的情况介绍后，不无感慨地说，如果我们的华侨华人都像朱光然一样做贸易，搞外资引进，甘当“民间大使”做公共外交工作，促进西中交流与合作，我们国家早就已经和世界各国融在了一起！

你中有我，我中有你，成为利益共同体，这种共赢才是永久的发展，才是世界和平所需要的。

朱光然接受采访剪影

朱光然组织出生成长在海外的孩子们重走中国工农红军长征路

图书在版编目（CIP）数据

情怀与使命：共和国同龄人朱光然的奋斗人生 / 米歌著. — 北京：中国华侨出版社, 2019. 5

ISBN 978-7-5113-7829-3

Ⅰ. ①情… Ⅱ. ①米… Ⅲ. ①纪实文学—中国—当代 Ⅳ. ① I25

中国版本图书馆CIP数据核字（2019）第 063671 号

●情怀与使命：共和国同龄人朱光然的奋斗人生

著　　者 / 米　歌
责任编辑 / 文　喆　王　嘉
版式制作 / 大燃图艺
经　　销 / 新华书店
开　　本 / 710 × 1000 毫米　1/16　印张：12.25　字数：172 千字
印　　刷 / 河北鸿祥信彩印刷有限公司
版　　次 / 2019 年 5 月第 1 版　2019 年 5 月第 1 次印刷
书　　号 / ISBN 978-7-5113-7829-3
定　　价 / 42. 00 元

中国华侨出版社　北京市朝阳区静安里 26 号通成达大厦 3 层　邮编：100028
法律顾问：陈鹰律师事务所
发 行 部：（010）64443051　传　真：（010）64439708
网　址：www.oveaschin.com　E-mail：oveaschin@sina.com